Grazia Deledda

Il paese del vento

Texte et illustration de couverture : © domaine public
Edition : Culturea (Hérault, 34)
Contact : infos@culturea.fr
Retrouvez notre catalogue sur http://culturea.fr
Imprimé en Allemagne par Books on Demand
Design typographique : Derek Murphy
Layout : Reedsy (https://reedsy.com/)

Dépôt légal : janvier 2023

ISBN : 9791041842223

Nonostante tutte le precauzioni e i provvedimenti del caso, il nostro viaggio di nozze fu disastroso.

Ci si sposò di maggio, e si partì subito dopo. Rose, rose, ci accompagnavano: le fanciulle le gettavano dalle loro finestre, con manciate di grano e sguardi d'invidia amorosa: la stazione ne era tutta inghirlandata; e rosseggianti anche le siepi della valle. Rose e grano: amore e fortuna: tutto ci sorrideva.

La mèta del nostro viaggio era sicura, adatta alla circostanza: una casetta fra la campagna e il mare, dove il mio sposo aveva già qualche volta villeggiato: una donna anziana, discreta, brava per le faccende domestiche, da lui già conosciuta, doveva incaricarsi di tutti i nostri bisogni materiali. E noi si sarebbe andati a spasso, lungo la riva del mare, o fra i prati stellati di ligustri, o più in là fra i meandri vellutati di musco della pineta canora.

Apposta io mi ero provveduta di una paglia di Firenze, flessibile e alata come una grande farfalla, col nastro cremisi svolazzante, simile a quelle che portavano le eroine di Alessandro Dumas figlio.

E fino alla prima fermata del nostro trenino tranquillo, il viaggio si svolse secondo le tradizioni: lagrimuccie dapprima, per le persone e le cose lasciate: poi sorrisi nostri reciproci, mani intrecciate, occhi con dentro all'infinito il riflesso degli occhi amati: cuori pieni della certezza che il mondo è tutto un paradiso terrestre, di nostra esclusiva proprietà. Petali di rose e chicchi di grano rimanevano ancora fra le pieghe del mio vestito.

La realtà incrinò il sogno presuntuoso alla prima fermata del piccolo treno.

No, il mondo non è tutto nostro: tanta gente se lo contende! La stazioncina in mezzo ai prati è come invasa da un gregge e il piccolo treno è preso d'assalto, come quelli che in estate partono dalla città per le stazioni balnearie; ma da una folla ancora più prepotente ed ingrata.

Sono tutti uomini, giovani tutti, quasi ragazzi: paesani, contadini, mandriani, vestiti in modo grottesco, con scarponi da montagna, fagotti, bastoni, odore di armento e di umanità a contatto con la terra.

Sulle prime mi parvero emigranti; ma per essere esuli volontari, erano troppo giovani, tutti, troppo allegri, sebbene di un'allegria forzata e selvatica.

«Sono reclute», spiega mio marito, «non vedi il sergente che li conduce?»

Questi infatti sale nel nostro scompartimento, e, poiché la terza classe non basta per tutti, è seguito da alcuni suoi subalterni.

E addio felicità.

La nostra presenza è subito notata, la nostra situazione giudicata e condannata: poiché una coppia di sposi, nel loro primo giorno di nozze, è votata al ridicolo anche dalla gente tranquilla: figuriamoci poi da una simile masnada.

Le nostre mani si sciolsero, e così parvero separarsi anche le nostre anime.

Mio marito era, ed è, un uomo civile: vale a dire socievole, di carattere diritto: ottimista, inoltre, e quindi fiducioso del suo prossimo, che egli ritiene onesto perché onesto è lui. I suoi occhi sono come le finestre aperte della sua anima: tutti vi possono guardare dentro, poiché dentro non c'è un angolo buio che possa nascondere un mistero.

È un uomo, però, che pretende altrettanto dal suo simile: per questo, anche, vuole che si rispettino le forme: per riguardo a sé stessi e agli altri. Egli quindi fu il primo a intuire la nostra situazione di fronte a quel branco di umanità giovane, sensuale e anche, in quell'occasione, alquanto brutale: si staccò quindi da me, apparentemente s'intende, per salvarci entrambi dall'atmosfera perversa che si era d'improvviso formata intorno a noi. Si mise, anzi, a parlare col sergente, e poi con le reclute stesse: era stato anche lui militare, e aveva raggiunto il grado di capitano della riserva: e ci teneva. Il contatto con la nuova compagnia parve anzi rallegrarlo ed eccitarlo: cominciò a raccontare per filo e per segno tutta la storia della sua carriera militare, comprese le avventure galanti: e per non essere da meno di lui, il sergente narrò le sue.

I giovani, adesso, ascoltavano e ridevano, senza più badare a me: finirono col mettersi a cantare tutti assieme il coro di una canzonetta soldatesca: e anzi fu lui, il mio compagno, che la intonò.

Sembra niente; eppure, a tanti anni di distanza, non posso ricordare quell'ora senza un senso di sgomento.

Mi parve di essere sola al mondo e, peggio che sola, schiava di una sorte equivoca, trascinata, come una schiava autentica, da un'orda di soldati, dopo una razzia guerresca.

Il temperamento ce l'avevo: nata in un paese dove la donna era considerata ancora con criteri orientali, e quindi segregata in casa con l'unica missione di lavorare e procreare, avevo tutti i segni della razza: piccola, scura, diffidente e sognante, come una beduina che pur dal limite della sua tenda intravede ai confini del deserto i miraggi d'oro in un mondo fantastico, raccoglievo negli occhi il riflesso di questa vastità ardente, di quest'orizzonte che al cadere della sera ha i colori liquidi della mia iride.

Tutto nella mia mente si assimilava in fantasia: i più piccoli avvenimenti si svolgevano in temi grandiosi; i minimi segni della realtà prendevano forma di simboli, di profezie, di auguri. E tutto mi esaltava, per deprimermi dopo, appena la fantasia si spegneva.

Il mio istinto, pur esso di razza, era quello di nascondermi: anche per le cose e i bisogni più semplici. Nessuno doveva vedere la mia carne, i miei capelli sciolti; anche le mani, nascondevo. A volte, come i deboli animali selvatici, mangiavo di nascosto, negli angoli della casa. Perché? Per il primordiale istinto di salvare il mio cibo dall'altrui bramosia, o perché l'atto stesso di nutrirsi mi pareva una cosa impura e volgare?

Il mio corpo, infine, non doveva esistere, per gli altri, forse neppure per me stessa: ma i sensi, appunto per questa volontaria costrizione, erano vivissimi, tutti, e le cose esterne, belle e brutte, mi afferravano con violenza di piacere o di disgusto.

Sopratutto gli occhi nascondevo, sotto le palpebre larghe e le ciglia lunghe: per celare il bisogno intenso di vita e l'ardore che componevano il fondo del mio essere: e anche, forse, per fuggire alla luce violenta dei mie stessi sogni, come gli occhi degli uccelli dal forte e lungo volo, che sono forniti di doppie palpebre per non essere, nell'impeto dei loro viaggi, accecati dal vento e dal sole.

Ma quello che io volevo nascondere mi apparteneva esclusivamente: quindi, negli scrupolosi esami di coscienza prima di andare a confessarmi, non mi consideravo ipocrita o, meno ancora, ambiziosa: tutt'altro: sapevo anzi che era un tesoro ereditario, quello che costudivo in me, cioè la ricchezza meravigliosa delle stirpi vergini, l'elevarsi dello spirito fra gli ardori della carne, come la luce della fiamma: e insieme all'istinto della purezza e quindi della conservazione fisica, la ricerca di un punto non raggiungibile, che è la stessa ricerca di Dio.

Per questo avevo scelto l'uomo che adesso mi accompagnava nel mio primo viaggio sulla terra: perché nei suoi occhi che nulla nascondevano, trovavo un principio del mistero che cercavo.

Ma l'orrendo viaggio con le reclute, che durò fino alla nostra stazione d'arrivo, il contatto con una umanità tutta carnale, della quale anche lui mi pareva far parte, cominciavano a mostrarmi il viso materiale della realtà.

Accovacciata nell'angolo dello scompartimento, senza godere i paesaggi primaverili che parevano portati via del vento, facevo, con lucida desolazione, il mio piano di vita.

"Sono condannata a vivere sola: adesso lo capisco; ma non mi sgomento. Sempre sola ho vissuto, anche accanto a mia madre ed ai miei fratelli. Credevo di aver trovato un compagno anche spirituale in mio marito; mi sono ingannata. Questo forse è il destino di tutti: essere soli."

In fondo sentivo un dolore freddo e duro; come se mio marito, che ancora non era tale, mi avesse già tradito. E non mi accorgevo che, a creare il mio dramma, erano la mia ignoranza della vita e la diffidenza atavica di tutto quello che è nuovo.

Si scende dunque dal treno, fra gli hurrà, gli urli, gli scherzi e gli auguri equivoci dei compagni di viaggio. Lo stesso saluto deferente e cortese del sergente mi sembra ironico: e forse lo è davvero, per la mia scontrosa selvatichezza. Tutte le teste demoniache delle reclute sono affacciate a grappoli ai finestrini degli scompartimenti, e poiché non c'è altro diversivo, nella piccola stazione deserta, intorno alla quale continua a rombare un vento impetuoso simile a quello destato dalla corsa del treno, tutti gli occhi sono fissati sulla giovane coppia che tira giù le sue valigie e, in mancanza di facchini, si dispone a trasportarsele di persona.

Mio marito saluta tutti: pare quasi gli dispiaccia di lasciare l'allegra compagnia per seguire la piccola sposa corrucciata sul serio. E il treno malaugurato finalmente si muove, se ne va verso l'orizzonte di smalto turchino: ma per ultimo scherno le reclute intonano una specie di inno nuziale, con le solite allusioni; un coro magari benevolo, e quasi anzi nostalgico - poiché tutto quello che si lascia è buono, anche per l'uomo che concepisce la poesia solo in modo animalesco -, ma che colpisce le mie spalle come un vento gelato.

In realtà questo vento soffia davvero, da nord-ovest, e, usciti noi dal riparo della stazione, ci spinge con dispettosa violenza. Ho ancora l'impressione che fossero gli spiriti della solitudine intorno ad accoglierci ostili, e che, senza il contrappeso delle valigie, ci avrebbero cacciati via, lontano, come nemici.

Ma dove siamo?

«Non doveva venire una donna a portar via questa roba?»

Mio marito si scuote, al fischio della voce irata: e d'un tratto ritorna tutto a me.

«Adesso vediamo: forse la Marisa è in ritardo.»

Ma non ci crede neppure lui. Preoccupato mi fa deporre la valigia su una panchina addossata a un piccolo chiosco chiuso, nello spiazzo davanti alla stazione, e guarda di qua, di là, nelle lontananze dei viali che vi si partono in triangolo attraverso i prati fino al mare, e nei quali nessuno si vede.

«Le dev'essere accaduto qualche guaio; che non abbia ricevuto il mio espresso?»

O per una cosa o per l'altra, la donna non appare: dentro il chiosco fischia con ironia un gruppo di folletti. Intorno a noi vedo una specie di landa, folta di erbe alte e di cespugli fioriti di bianco che sembrano teste di vecchie scarmigliate dal vento: in fondo, già nera sul rosso vivo del tramonto, si profila una pineta, e il campanile del paesetto si alza sopra le cupole dei pini come il pastore sul gregge.

Mio marito mi fa coraggio.

«Non credere che andiamo fin laggiù, bambina. La casetta nostra è qui a due passi. Andiamo, su.»

Si carica lui le valigie sulle spalle con la sveltezza lieve di un facchino di professione, e lascia a me solo gl'involti. Io lo seguo; ma è il cuore che mi pesa, adesso, e ho la stanca impressione di salire su un monte, invece che scendere verso il mare.

La primavera pareva si fosse di un tratto mutata in autunno: dell'autunno il freddo verde delle erbe, e il colore giallo-rosso dei fiori delle siepi, delle foglie di certi alberi, del cielo stesso: forse era effetto del vento; certo, effetto del vento erano lo scompiglio e il mormorio ostile coi quali ci accolsero i salici e i pioppi intorno alla casetta, che vi si rifugiava in mezzo, grigia, chiusa; e mi parve, anche essa, inospitale e quasi arcigna.

Mio marito, deposte le valigie davanti alla porta, andò a prender le chiavi e a vedere che cosa era successo della Marisa; la quale, a quanto egli continuava ad affermare, abitava lì a pochi passi. Io però non ne vedevo la casa, e cominciavo a crederla un personaggio fantastico. Tutto, del resto, mi sembrava fantastico: la mia presenza in quel luogo, l'essere io seduta sulle valigie, come una emigrante alla prima tappa del suo viaggio verso l'ignoto: gli stessi sentimenti di angoscia e di agitazione che mi sbattevano più che il vento gli alberi intorno. E questi alberi, di un verde insolito, pallido quello dei salici, cupo quello dei pioppi, che nel mescolarsi aveva toni azzurri sull'azzurro marino del cielo, davano un senso d'irreale, come riflessi dall'acqua o dai vetri di una finestra.

Passano i minuti e mio marito non torna: sta a vedere che non ricomparirà mai più. Tutto ormai mi sembra possibile, in quest'avventura straordinaria che è stata il mio matrimonio: avventura che mi ha sradicato dalla mia terra, dalla mia casa, e mi porta in giro per il mondo.

Fra le altre cose sentivo di aver fame, ma sebbene a portata di mano avessi un cestino di provviste, mi pareva di non potermi nutrire mai più: e poiché un dolore infantile si mischiava al fondo di compiacenza romantica che la mia situazione mi destava, infine mi misi a piangere, con un lieve strido di uccellino smarrito, che si sperdeva nel grande lamento delle cose intorno.

Ma no, che non sono più sola e smarrita nel mondo. Un lamento più intenso di quello degli alberi e del mare stesso, risponde al mio. Non è una voce umana, eppure parla per volere di un uomo, e ne esprime la tristezza e la desolazione simili alle mie: è il pianto di un'anima arrivata in un luogo sconosciuto e solitario, senza sapere come la notte imminente maturerà il suo destino, e se l'alba farà sbocciare di nuovo per lei il fiore della speranza; anima che non chiede aiuto, ma si lamenta con se stessa.

Era il suono di un violino.

Chi suonava lo strumento faceva dei semplici esercizi, come cercando un motivo creatore che desse forma ai suoi sentimenti: eppure questi trasparivano attraverso la sola vibrazione delle note, come l'acqua che sprizza dalle fessure della roccia, e s'intonavano stranamente a quelli che il mio pianto esprimeva.

Non solo; ma avevo l'impressione che il suono fosse del tutto fantastico, o scaturisse da un angolo oscuro del mio essere, dal subcosciente.

Ed ecco che tutto il resto, il mio fidanzamento, il mio matrimonio, il trovarmi io in quel posto ed in quella situazione, tutto diventava davvero un sogno fra il tragico e il ridicolo. La realtà era un'altra. Io stavo ancora nella mia casa paterna, al limite tra la valle e un paese che, per quanto capoluogo di provincia, conservava tutti gli aspetti, il colore e il clima di un villaggio dell'epoca del ferro.

La mia casa, stretta, quadrata e grezza come una torre, con un pianerottolo e due sole stanze ad ogni piano, era una delle più alte: e fin da bambina io avevo stabilito la mia particolare residenza all'ultimo piano, in una specie di soffitta riparata dal solo tetto sostenuto da grosse travi e da uno spesso graticolato di canne.

Dalle travi pendevano grappoli di uva e di frutta, di cipolle e di pomidoro; ed anche trecce di agli che sembravano ex voto in cera, e salami marmorizzati: con tutto questo la stanza non poteva dirsi veramente una soffitta, perché era alta, con le pareti candide di calce, il pavimento di legno; non solo, ma aveva due belle finestre, con accanto a una di esse uno scaffale pieno di libri, e vicino all'altra uno scrittoio antico, che pareva un mobile moresco, tutto di ebano autentico, intarsiato d'avorio.

Dalla finestra presso lo scaffale si dominava il paese: una scacchiera di tetti rossi e verdastri, alti e bassi, dai quali emergevano tre campanili tutti eguali, sottili e bianchi, mentre in fondo, quasi all'orizzonte, le torri della cattedrale si innalzavano scure e massicce.

D'inverno era scuro e umido anche il colore del paese: bruciato e rossiccio d'estate: di primavera, invece, e dopo le prime pioggie di autunno, i vecchi tetti coperti di musco ricordavano qualche cosa di preistorico, come appunto un villaggio costruito di macigni, sui quali rinasceva il verde di una vegetazione tenace e vergine di alta montagna.

Anche la strada stretta e pietrosa che vedevo sporgendomi dalla finestra, pareva un viottolo di montagna: e montagne e montagne apparivano nel vano dell'altra finestra, verdi, azzurre, bianche, grigie e viola, secondo il piano della lontananza: tutto l'orizzonte ne era cinto, eppure rimaneva ampio, aereo, come se le montagne fossero nuvole. Le più vicine, sorgenti dalla valle che io non vedevo perché un argine di orti e di giardini mi ci separava, erano in parte verdi di boschi, con larghe macchie argentee di granito e zone dorate di felci e di asfodelo.

Le roccie, all'ombra delle cime più alte che parevano monoliti, coperte di un musco folto come una corteccia vellutata, in primavera si arrossavano di fiorellini porpurei: poi, fino all'estate, una festa di colori scoppiava su tutto il monte. Le chine biancheggiavano di asfodelo fiorito, il verbasco argenteo striava il verde vivo delle felci, il bosco di lecci diventava tutto d'oro.

L'autunno guastava la festa; i colori impallidivano, si scomponevano, si oscuravano; finché, d'inverno, tutto si faceva nero, nuvole e roccie si mescolavano in un continuo subbuglio quasi sinistro; e l'ansito ogni giorno più forte del torrente raccontava una storia di dolore che andava a perdersi nella valle.

La valle, dunque, io non la vedevo, ma la sentivo, in tutte le stagioni, con quella tragica nenia di torrente, coi boati del vento che in certe notti d'inverno vi salivano come dalla profondità di un vulcano, e che a me piacevano quasi fisicamente, perché mi sembravano il grido della terra tormentata dagli elementi, un'eco stessa della mia adolescenza turbinosa di sogni e desideri inappagati; sogni e desideri che poi, a primavera, si ripetevano col canto del cuculo, sempre più chiaro a misura che si spegneva quello del torrente, e si assopivano quando dalla valle veniva su l'alito ardente e profumato della stagione estiva.

Nella valle la mia famiglia possedeva un piccolo podere, coltivato e vigilato da un vecchio contadino che ci viveva come un eremita, e dell'eremita aveva l'aspetto autentico: solo di tanto in tanto egli veniva su, a casa nostra, con un cestino di canna, ricoperto misteriosamente di foglie di acanto: sollevate le quali, apparivano i frutti primaticci dai colori delle pietre preziose; e d'inverno le olive, e, quando non c'era altro, le bacche nere lucenti del mirto e i frutti sanguinanti del corbezzolo. Il vecchio allora rappresentava davvero un essere aderente alla natura, il mito della terra che offre tutti i suoi doni, anche i più selvatici, all'uomo che sa apprezzarli.

Ed io li apprezzavo, più che per il loro sapore, per ciò che rappresentavano, per i giorni e le notti, il clima, i pericoli, la poesia tutta che li aveva maturati: la figura lineare e granitica del vecchio campeggia ancora nel fondo della mia memoria simile a una di quelle pietre monumentali con vaghe forme umane, che i popoli preistorici ergevano nelle loro solitudini rocciose, come idoli significativi.

Ma non ero golosa, e non profittavo neppure delle frutta attaccate alle travi della camera alta, che mi era facile tirar giù: non ero golosa e, oltre alla coscienza di non commettere azioni illecite, avevo anche la manìa delle privazioni.

Eppure mi abbandonavo a quello che la mia mamma considerava il più grosso peccato: la continua avida lettura di libri non adatti alla mia età e sopratutto alla mia educazione. Naturalmente leggevo di nascosto, giorno e notte. In quella camera, dove i topolini rosicchiavano le carte, e le rondini facevano i loro primi esercizi di volo, anche la mia anima si apriva lentamente, da sola, ora per ora, foglio per foglio di libro, come la rosa centifoglia che pare aperta del tutto mentre conserva fino in ultimo, nel suo centro, qualche petalo ancora chiuso.

Bisogna dire che il sontuoso scrittoio e l'antico scaffale di noce erano pervenuti alla mia famiglia per l'eredità di un parente: un vecchio vescovo, uomo colto e studioso, morto in odore di santità.

E il ricordo di lui spandeva davvero, nella camera dove io mi rifugiavo, un senso di profumo. Era, certo, l'odore delle frutta appese alle travi, e quello che veniva di fuori, dagli orti pieni di violacciocche, di maggiorana e di salvia; ma dentro di me fanciulla esercitava a ogni modo un incantesimo speciale.

I libri, del resto, per quanto ne pensasse mia madre, erano ottimi: tutti i grandi classici, nostri o tradotti in lingua italiana; molti volumi in lingua latina, e libri ascetici, vite di santi, Bibbie, monografie religiose: queste però non mi attiravano. Sentivo, sì, l'odore di santità del vescovo di famiglia, ma confondendolo troppo coi profumi della terra e della realtà circostante.

Nel santo vescovo che, si diceva, era morto vergine, dopo una vita di astinenze, di studio e di meditazione, io vedevo solo la figura dell'uomo straordinario che ha il coraggio e la forza di sollevarsi sopra gli altri, e li attira a sé, come Cristo sulla croce, con la potenza della rinunzia e del dolore; ma più che amarlo, lo ammiravo; e se pensavo di diventare santa pur io, ne sentivo l'impossibilità.

Santi si nasce; non lo si diventa completamente se il Signore non ci ha segnato nel seno materno col crisma della grazia. Però è già un segno della bontà divina verso di noi se si riesce a intendere il mistero di quella grazia.

Essere almeno buoni! O almeno tentare di esserlo. Chi non può capire questo bene non saprà mai il perché della sua esistenza. E nelle notti lunari d'inverno, quando ascoltavo la voce dell'acqua che nasceva dai monti e camminava come un essere vivente giù per le chine e lungo le valli, fino a trovare la sua meta, mi sembrava che un suono d'organo l'accompagnasse, simile a quello che in chiesa accompagna il rito dell'Elevazione: allora intuivo la potenza superiore che muove a sua insaputa ogni essere del mondo, e gli fa percorrere il suo destino: e dicevo a me stessa:

"Il tuo destino sarebbe bello se rassomigliasse a quello del tuo santo parente: ma Dio comanda altrimenti: tu dovrai scendere da questa camera e attraversare il mondo, per ritornare a Lui. Vivrai con gli uomini, con essi, non sopra di essi; e tutti i loro errori, i loro peccati, i loro affanni, saranno i tuoi: ma, almeno, non dimenticarti che sopra di te c'è la forza di Dio che ti conduce."

Bisogna confessare che questi insegnamenti mi venivano suggeriti anche dall'ambiente famigliare.

Mia madre era una donna religiosa e austera: non parlava mai, non dava confidenza ai figli: lavorava sempre e usciva di casa solo per andare in chiesa. Mio padre era buono, generoso, di carattere allegro e fermo nello stesso tempo: suo unico pensiero la famiglia.

Era impresario di strade provinciali, e guadagnava molto.

Procedendo bene gli affari, pensò, fra le altre cose, di riattare la nostra bicocca. Con mio grave dispiacere fu messo il solito anche alla camera alta, e questa fu destinata agli ospiti; fornita, quindi, anche di un bel letto, con la testiera, per non essere da meno degli altri mobili, incrostata di vera madreperla.

Quando fu tutta ripulita ed in ordine, io vi ripresi possesso: ma mi ci sentivo a disagio, come fossi io l'ospite, sempre con l'orecchio teso ad ascoltare se un passo di cavallo risonava nella strada.

Molti erano gli amici di mio padre, che, nelle sue necessarie peregrinazioni per i paesi ed i luoghi della provincia, veniva anche lui cordialmente ospitato nelle case dei notabili e anche dei contadini: da un momento all'altro ne poteva arrivare qualcuno, costringendomi a sloggiare.

Anche i topolini, che prima s'infilavano di sotto l'uscio, e lunghi e lucidi come lucertole nere attraversavano il pavimento polveroso, anche le rondinine, che entravano da una finestra e uscivano dall'altra, con un volo ondeggiante e un frullìo d'ali dal quale pareva scaturisse il loro trillo infantile, adesso avevano soggezione della camera per gli stranieri.

Ed io pensavo: si vive male, quando si è ricchi. Si vive più per gli altri che per sé stessi; per gli altri, che ci stimano solo in misura di quanto noi possiamo loro dare.

Il primo ad abitare la camera fu un notaio, già compagno di studi di mio padre. Egli veniva per vidimare le sue carte, e rimaneva da noi due giorni.

Scortato da un servo, scendeva da un paese di montagna, ma pareva arrivassero, lui e il suo compagno, dalla Mesopotamia. Sembravano dipinti a carbone; tutti neri, con gli occhi a mandorla, i bambini penduli; tutti e due coperti di caratteristici mantelli di lana, specie di lunghi scialli buoni a riparare la testa, le spalle, il petto e le gambe di chi usa viaggiare a cavallo.

Sotto il mantello, il servo indossava un costume sul cui tenebrore spiccava qualche nota rossa o verde; mentre il notaio vestiva da borghese, inappuntabilmente di nero, con al collo una sciarpa come ai tempi del Direttorio. Era alto e pesante, tutto quadrato: non sorrideva mai; e fu l'uomo che più mi inspirò soggezione in tutta la mia vita.

A tavola non parlò che di suo figlio, studente in medicina, magnificandone, senza parerlo, la bellezza, la vivacità, la passione allo studio, e soprattutto l'ingegno.

Se si parlava di altre cose, egli trovava il modo di riapplicarle al suo Gabriele.

«Gabriele corre anche lui a cavallo, come un diavolo. Quando aveva tredici anni volle a tutti i costi prender parte a una corsa di barberi, e vinse il primo premio.»

Si parlava di mare?

«Anche il mio Gabriele va tutti gli anni al mare, ed è campione di nuoto.»

Si parlava di mode?

«Anche Gabriele veste alla moda: in quanto a questo, anzi, è un po' stravagante e pretende di crearla lui, la moda. Almeno in paese, quando viene per le vacanze», aggiunse, sollevando l'angolo del grosso labbro superiore. E fu l'unica volta che sorrise, fra compiacente e beffardo, forse accorgendosi che i miei fratelli frenavano a denti stretti una risata di beffa.

Il suo Gabriele, infine, sapeva far di tutto, da esperimenti chimici di sua iniziativa a composizioni musicali per pianoforte e violino: suonava, cantava, ballava, scriveva poesie, faceva collezione di monete antiche, ed aveva persino inventato un aeroplano. E tirava di scherma, e mai falliva un colpo al bersaglio.

Generoso, poi, pronto a spogliarsi per rivestire un povero.

Presa la laurea contava di andare in Germania per perfezionarsi nello studio della medicina e specializzarsi nella cura della tubercolosi.

Mio padre dava qualche occhiataccia ai miei fratelli, che si toccavano le gambe sotto la tavola e fingevano di ridere per cose loro speciali; mentre per conto suo ascoltava l'amico con serietà, poiché all'ospite deve essere usata cortesia anche se esagera fino alla noia ed al ridicolo le belle qualità della sua prole; ma l'attenzione di tutti si fece cordiale quando si parlò di carnevale e di mascherate, e il notaio disse:

«Oh, per questo, da noi il carnevale è, negli ultimi giorni, movimentato e rumoroso. La gente, che per mesi e mesi rimane tappata in casa e quasi sepolta dalla neve, ha bisogno di sgranchirsi le gambe e di scaldarsi. Si balla in tutte le case. Il giovedì grasso, i giovanotti più aitanti si vestono di pelli, si mettono le corna e i sonagli dei buoi: e bovi si chiamano, queste maschere infernali. Montati a cavallo percorrono urlando le strade e battono alle porte delle case, domandando le salsicce. C'è da averne paura. Gabriele combatte queste forme di carnevale selvatico, sebbene anche lui ami travestirsi. Per questo è insuperabile: non ha neppure bisogno di maschera per rendersi irriconoscibile: ed imita alla perfezione ogni personaggio».

E il notaio soprapensiero seguitò:

«Vestito da prete, una volta andò a visitare una famiglia, e fu scambiato davvero per il nuovo parroco. Questo scorso carnevale, quando venne in vacanza, ne fece una straordinaria. La domenica, dunque, unica persona che scese dalla diligenza, fu una giovane straniera, una di quelle che capitano ogni tanto nel nostro paese per visitare l'antica basilica. Questa signorina, però, non aveva, al solito, gli occhiali, e non era vestita goffamente: era bella, elegante, pitturata, con la pelliccia ed i veli. Depositò la valigia nella locanda ed andò subito a visitare la basilica; poi domandò dove si poteva veder ballare all'uso del paese. L'accompagnarono in una casa dove si ballavano danze antiche e moderne: e fu subito un grande subbuglio, non solo per la presenza di lei, ma per il suo modo di comportarsi. Ella cominciò a guardare i giovanotti borghesi, in modo che essi abbandonarono le loro dame per occuparsi di lei. Ballò, anche, e ricevette subito parecchie dichiarazioni d'amore. Finché, avvertito da un amico, non sopraggiunse un mio giovane nipote, il quale, osservata bene la straniera, gridò: "Ma non vedete, babbei, che quello è il mio cugino Gabriele?"».

Neppure nel raccontare questa prodezza del suo Gabriele, il notaio sorrideva; e, fra l'ilarità degli altri, comprese le serve, che si fermavano sull'uscio coi piatti in mano e gli occhi scintillanti di ammirazione, neanche io sorridevo; sia per soggezione del grande uomo nero, sia perché la figura del giovane studente mi appariva, attraverso i racconti del padre, fatti con quella voce dura e quasi tetra, tutt'altro che allegra; pensavo:

"Dev'essere mezzo matto, questo signorino Gabriele".

E mi pareva di vederlo, in mezzo alla folla selvaticamente sana dei suoi compaesani, vestito da donna, dipinto e tragico, ballare una danza macabra: o suonare sulla chitarra e cantare una strofa di dolore. E non riuscivo che ad immaginarmelo travestito, in un modo o nell'altro, con un viso che era di per sé stesso una maschera. Anche lui non rideva mai; e la sua manìa di tentare ogni arte e ogni scienza, lo tingeva, ai miei occhi, di un colore di follia.

Eppure cominciai a pensare a lui come ad un personaggio straordinario, assolutamente diverso da quelli che conoscevo; destinato, in tutti i modi, ad un grande avvenire: e le chiacchiere delle domestiche, alle quali il servo del notaio aveva confidato i progetti del padrone, d'imbastire cioè un matrimonio fra me e il figlio, mi destarono un malessere torbido e luminoso assieme: qualche cosa come il subbuglio delle nuvole sul Monte, nei tramonti di marzo, che mescolavano il rosso dell'occidente ventoso al nero dell'inverno che se ne andava.

Essere amata da un giovine come Gabriele doveva essere una cosa fantastica, un vero incantesimo: vivere con lui, però, nella realtà di tutti i giorni, era, certo, spiacevole e penoso.

E cominciai ad aspettare questo Gabriele, che, avendo ormai noi disponibile una camera per gli ospiti, doveva pure lui un giorno o l'altro profittarne.

Ma tanti ospiti andavano e venivano; lui non arrivava mai.

Ritornò ancora il padre, col servo fedele; e mi parve già qualche cosa. Anche questa volta egli parlò del figlio, ma con qualche preoccupazione.

Gabriele non intendeva più di aspettare a laurearsi per andare all'estero e perfezionarsi nei suoi studi; voleva partire presto, ed iscriversi all'Università di Monaco o di Berlino: occorrevano quindi molti denari, per accontentarlo, ed il notaio, a quanto lo stesso servo raccontava, era piuttosto avaro.

«Mah, bisogna pure sacrificarsi, per il bene dei figli», disse mio padre: «eppoi il tuo Gabriele è diverso dagli altri, destinato certamente ad uno splendido avvenire. Allarga, allarga i cordoni, caro Alfonso Maria».

A me parve di sentire una lieve eco di sarcasmo in queste parole: eco che risonava forse dentro di me; tuttavia trovai giusto che il notaio chinasse il viso sul piatto, e dopo aver trangugiato, come del resto usava sempre, un cucchiaio di minestra bollente, lo risollevasse alquanto colorito e turbato, accettando la profezia ed i consigli dell'ospite.

«Speriamo», disse, convinto: e mi guardò, rapidamente; poi guardò gli altri commensali, dai grandi ai piccoli, come per assicurarsi che tutti dividevano la sua lieta certezza. E per ricambiare la cordiale irrisione delle ultime parole di mio padre, o forse con una riposta intenzione, aggiunse:

«E quando la mia borsa sarà vuota, ricorrerò alla tua, caro Gian Francesco».

Poi stette alcuni mesi senza farsi vedere. Ospiti andavano; ospiti venivano: mia madre era sempre occupata ad arrostire capretti, a preparare ripieni, a cuocere maccheroni. Mandava la serva al podere della valle, per portar su erbaggi e frutta. Qualche volta l'accompagnavo anch'io, ed erano i giorni miei più felici. Laggiù c'era il nostro buon eremita, nella sua capanna di pietra e di frasche, in mezzo ai suoi cavoli e alle altre coltivazioni primitive, alimentate da un filo d'acqua, ultima vena del torrente invernale, che egli deviava di qua, deviava di là, conducendolo docile come un suo servetto. E gli parlava, davvero come a un essere vivente, benedicendolo, consigliandosi con lui, minacciandolo, e anche tentando di punirlo se quello gli sfuggiva dal solco e pretendeva di andare per conto suo.

Al nostro arrivo si sollevava sulla zappa e diceva:

«Ospiti? E quando ti sposi, signorina?».

Io arrossivo: mi pareva che egli indovinasse il mio pensiero segreto e, con la sua chiaroveggenza di solitario, associasse la parola ospiti con la sua domanda innocente.

Un giorno, poi, accadde un fatto strano. Un pallone volante, di carta rossa, che il sole faceva parer di fuoco, si sollevò sopra i monti dell'orizzonte, vagò qua e là, fino a sera, cadde, incendiandosi, sul confine del podere. Il vecchio non aveva mai veduto una cosa simile: lo credette un mostro misterioso; e quando lo vide cadere s'inginocchiò, con terrore e adorazione.

«È il Signore, è il Signore», gridava.

Noi vedemmo gli avanzi del pallone: frammenti di carta bruciata che volavano fra i cespugli come uccelli neri; e l'ossatura di canne, in parte anch'esse bruciate.

Era il pallone inventato da Gabriele?

Non l'ho mai saputo: ma sentivo qualche cosa di significativo, d'ironico e crudele, nella caduta dell'involucro di carta che il vecchio aveva adorato come un astro, segno di Dio.

Un altro giorno, in ottobre, durante una delle solite assenze del babbo, io stavo a leggere nella camera degli ospiti, davanti allo scrittoio antico.

Leggevo, o meglio rileggevo, uno dei miei libri preferiti di quel tempo: I Martiri di Chateaubriand. Era in una edizione rarissima, rilegato in pelle bianca con fregi d'oro: una cosa bella, come del resto tutto era bello in quella giornata che dava quasi un senso d'irreale: tutto azzurro, anche il granito del Monte, anche le ombre degli alberi; un azzurro che si rifletteva sulle pareti della camera, e sullo scrittoio che luccicava come fosse di cristallo.

Tanta bellezza, e l'incanto stesso della lettura, mi destavano un'impressione di sogno. Avevo quasi timore a svolgere la pagina, come si trattasse di aprire una porta dalla quale poteva penetrare un'atmosfera diversa: e quando, infatti, l'uscio della camera venne socchiuso dal di fuori, il mondo cambiò aspetto per me. Un uomo, del quale non avevo sentito l'arrivo, appariva nel vano; i suoi occhi neri mi fissavano curiosi e stupiti; e pareva che la mia presenza gl'impedisse di muovere oltre i piedi.

Dietro di lui stava la servetta, con una valigia sulla testa; e mi guardava sporgendo il viso scimmiesco e malizioso dietro il braccio del giovine.

Disse:

«Ah, signorina! Non sapevo che lei fosse qui».

Poi invitò e quasi spinse l'ospite a entrare: ma egli non avanzava.

Anch'io, che mi ero subito alzata, non osavo parlare né muovermi: i miei occhi, però, erano andati incontro ai suoi, e sentivo che entrambi ci eravamo già riconosciuti e che quell'attimo doveva segnare un punto forse decisivo del nostro destino.

Egli fu il primo a riprendersi: sorrise, un sorriso ironico e triste che lasciò vedere i suoi denti bellissimi ma spettrali, e con una voce dura che già conoscevo disse:

«La prego di scusarmi se, involontariamente, la ho disturbata».

Sì, era la voce del notaio, con una vibrazione più viva, ma egualmente sarcastica.

Sì, questo era dunque Gabriele, alto e bello, vestito con eleganza correttissima, serio e beffardo.

Io mormorai qualche cosa, spaventata dall'accento di lui, da quei denti luminosi, che rischiaravano il suo viso scuro e glabro, ma sopratutto dal suo sorriso: ed il pensiero che egli dunque sapeva sorridere mi pareva quasi la rivelazione di un mistero.

Scivolai fuori della camera, a testa bassa, quasi fossi stata sorpresa a compiere qualche cosa di proibito, ed andai a nascondermi nella mia.

Era questa una camera che guardava sul cortile, alquanto tetra e poco preferita da me. Passato il primo stordimento, mi affaccio alla finestra, e spio se nel cortile ci sono i cavalli degli ospiti, immaginando che il figlio del notaio sia arrivato come il padre, scortato dal servo.

Il cortile è deserto, triangolare e un po' umido sotto gli alti muri rivestiti di musco e di erbe grasse: pare l'angolo dello spalto di un castello, col grande cielo in alto laccato di turchino d'oltremare. Passano stridendo, in quell'altezza solitaria, le cornacchie che hanno il nido sui campanili, e quello strido mi comunica uno strano senso di volo: di un volo pericoloso, come nei sogni.

In realtà, la mia vita di quei tempi era così sola e immobile, che ogni più piccolo avvenimento mi pareva un fatto straordinario.

L'arrivo dell'ospite atteso, in fondo già amato, arrivo avvenuto in quel modo, non poteva quindi non turbarmi fino alle radici dell'anima: tuttavia il mio carattere già formato, e la coscienza anche troppo sviluppata, mi portavano a guardare quasi duramente in fondo a me stessa e alle cose intorno.

Quindi mi scossi, con diffidenza, e cercai di riafferrare anche fisicamente la realtà.

Mi guardo nello specchio, e ancora una volta vedo che non sono bella: solo gli occhi rivelano l'anima fatta di sole: Gabriele ha colto col suo primo sguardo questo segreto e ne è rimasto sorpreso e incantato.

Ma poi ha sorriso; e quel suo sorriso è tinto di beffa, forse per il mio smarrimento, per la mia figura, per tutto l'insieme insolito e di una bellezza grottesca, od almeno provinciale. Egli forse sa dei progetti delle nostre famiglie; sa che io sogno di lui, che lo aspetto; e l'anima mia gli piace, attraverso i miei occhi; ma ben altre sono le donne di carne e di sangue, che egli a sua volta desidera. Egli vuole andare nelle grandi città, anzi è già in viaggio verso queste grandi città, dove la vita è tumulto, lotta, piacere; dove l'oro e le passioni umane circolano assieme, e l'uomo fa a meno di Dio.

Là è il posto di Gabriele, là il destino lo invita e lo vuole. Se egli adesso si degna di guardarmi è per curiosità, forse anche per scherno.

"Ma tu non ti riderai di me; tu, i miei occhi smarriti non li rivedrai mai più. E poi te ne andrai, anche, e forse non ci rivedremo mai più", gli dico, ancora davanti allo specchio, parlandogli come se egli sia rimasto dentro la mia pupilla.

Egli però vi è già più che dentro; è in fondo all'anima mia; e mi pare di sentirlo ridere e poi rifarsi subito buio e rispondermi:

"Sai, non voglio andarmene più".

Quando scesi nella stanza a pian terreno, dove si pranzava e si lavorava, mia madre e le serve parlavano di lui. O meglio erano le serve, che ne parlavano, con quel loro modo di contrastare e sbeffeggiarsi a vicenda, perché mia madre di solito poco prendeva parte ai loro discorsi, taciturna e pensierosa, col viso bianchissimo su cui gli occhi celesti spandevano una luce azzurrognola, reclinato sul lavoro. Erano sempre abiti per i miei fratelli che ella cuciva o riaggiustava, e anche in quel momento ne aveva uno fra le mani sottili dove il solo anello matrimoniale brillava modesto.

La serva che aveva portato su la valigia ed una lunga misteriosa scatola di Gabriele, nel vedermi cominciò ad ammiccare; poi rise e disse:

«È già uscito, sa, il signorino, Ma che sorpresa le abbiamo fatto, eh, padroncina!».

«Tu l'hai fatto apposta, scimmia», disse l'altra serva; ed anche lei mi guardava e rideva.

Io le misi subito a posto.

«Che c'è da ridere? Ero in casa sua, forse, o in casa vostra?»

«Sarebbe stato meglio che tu ti fossi trovata qui.»

Era mia madre che parlava, senza smettere di lavorare. No, non era contenta davvero, mia madre, che io stessi tutto il giorno nascosta qua e là, a leggere, a fantasticare, a far nulla: e sarebbe stato meglio, secondo lei, che Gabriele mi avesse trovato a lavorare, a sorvegliare le domestiche.

Cattiva impressione doveva egli averne provato; tanto che, nell'uscire, il suo annunzio che non sarebbe rientrato a pranzo, aveva deluso e rattristato mia madre. A me la notizia diede invece un senso di sollievo: tutto avrei sopportato in vita mia, fuorché farmi vedere a mangiare da Gabriele.

Ma il suo contegno mi convinceva della sua indifferenza per me, e mi umiliava profondamente, tanto più che mi accorgevo della tristezza di mia madre. La gioia di lei, quando arrivavano ospiti, consisteva nel preparare per loro dei veri banchetti; ed adesso, inoltre, ella aveva timore dei rimproveri di mio padre, al suo ritorno, per non aver ella trovato il modo di trattenere il giovane ospite.

Bisognava scusarla, però, poiché Gabriele era un ospite diverso degli altri; neppure i miei fratelli, che da ragazzi sbarazzini quali erano, scorrazzavano continuamente per il paese e i dintorni, riuscivano a sapere dove egli era andato: e solo sul tardi uno dei loro amici disse di averlo veduto giù nello stradone della valle, quasi sopra il nostro podere, seduto sul paracarri, a scrivere appunti.

«E proprio toccato al cervello», disse mia madre: e sospirò, forse sollevata al pensiero che Gabriele non era un partito per me.

Tuttavia preparò una cena squisita, e fece apparecchiare la tavola col servizio di Fiandra, quello che pareva di raso bianco intessuto di garofani fantastici, e col bordo ricamato: servizio che si usava solo nelle grandi occasioni; e che, specialmente alla sera, sotto il chiarore rossiccio del lampadario di cristallo che come una stalattite in una grotta marina pendeva dal soffitto grigio della grande stanza un po' buia, dava alla mia chiusa sensibilità un piacere quasi carnale. Toccavo gli orli della tovaglia e passavo le dita sulle salviette con l'impressione che la tela fosse quasi una specie di pelle, fresca e viva; e mi pareva che i garofani bianchi della trama, intrecciati in una danza geometrica che a fissarla dava un senso di vertigine, mandassero un misterioso odore di festa nuziale.

L'idea che il servizio venisse macchiato, che i miei fratelli l'avrebbero profanato coi loro musi unti, mi faceva male. Ma quella sera tutto poteva essere permesso, purché l'ospite tornasse.

Egli ritorna, finalmente: io finisco di apparecchiare la tavola, e non lo guardo; ma lo sento e lo vedo, in ogni sua linea, come se lo conoscessi da anni e fossi in grande dimestichezza con lui. Non è più vestito di un colore neutro, come al suo arrivo: s'è cambiato, prima di uscire; indossa un vestito blu scuro, con la cravatta dello stesso colore: ha un cappello di feltro nero. Qualche cosa del padre è adesso in lui, qualche cosa di grave, d'irriducibile; e la sua presenza spande quasi un senso di minaccia e di pericolo. Eppure, in fondo, una gioia mai provata illumina tutto il mio essere, e quando riesco a sollevare gli occhi e incontrare una seconda volta i suoi, ricordo il sorgere del sole sui monti.

Questo è il vero Gabriele, non quello che la mia fantasia creava. Tutto è bello in lui; le mani lunghe, le dita affusolate di artista, i capelli morbidi e quasi iridati, come le piume dei corvi giovani, le sopracciglia alate, sullo spazio della fronte quadrata, la bocca sensuale e triste; il suo modo di muoversi, di sedersi, di guardare le cose, composto, lento, e quasi rigido, ma non indifferente: tutto mi piaceva, e mi destava orgoglio, come se egli mi appartenesse già.

Anche lui parve rallegrarsi per la buona accoglienza mia e di tutta la famiglia; i miei fratelli, specialmente, che sembravano tre piccoli leopardi, gli si erano stretti intorno, e lo sbirciavano, lo misuravano, lo guardavano di sotto in su come uno scoglio al quale si vuol dare l'assalto.

Egli lasciava fare, con aria seria ma non severa, senza dar loro confidenza: finché il più piccolo ed ardimentoso domandò a voce alta:

«È vero che lei sa inghiottire i coltelli?».

Gli altri presero a spintoni l'imprudente: Gabriele però rise, d'istinto; poi tornò a guardarmi e si rabbuiò.

Ebbi l'impressione che egli indovinasse come io me lo ero immaginato prima di conoscerlo, e volesse cancellare in me quel fantasma: e mi parve che intendesse anche lui punire per la sua insolente domanda il mio fratellino, perché lo prese forte per le spalle e gli disse con voce veramente minacciosa:

«Se voglio posso inghiottire pure te».

Spalancò la bocca, piegandosi sulla testa del bambino, e roteò gli occhi, fatti diabolici: ed un'altra impressione io ebbi, che i suoi denti masticassero i capelli del colpevole.

Adesso cadeva nel tragico: la sua figura si scomponeva di nuovo; di nuovo mi destava un turbamento d'angoscia.

Tutti gli altri, invece, ridevano: ed ai loro taciti inviti, o forse per farmi soffrire, egli cominciò a fare il giocoliere. Ingoiò i coltelli, fece camminare, ridotta ad imbuto capovolto, una delle mie preziose salviette; fece crescere, nel vaso posato sul davanzale della finestra, la pianticina di geranio che fioriva allegra sullo sfondo melanconico del cortile.

La pianticina, veramente, io non la vidi crescere, come affermavano i miei suggestionati fratelli e le serve accorse ad assistere ai miracoli dell'ospite: ma egli non lavorava per me, se non in senso crudele: per me non aveva che qualche sguardo fugace e anche, mi sembrava, strano, come se la mia presenza desse ombra alla scena confidenziale e lieta.

Anche durante la cena (al mio paese si chiamava pranzo il pasto del mezzogiorno e cena quello della sera), egli non fece che scherzare coi miei fratelli e chiacchierare con la mamma, lamentandosi, sempre però in tono burlesco per l'avarizia del padre. Diceva:

«È una malattia che nella mia famiglia è stata per secoli ereditaria. Il mio nonno digiunava sei giorni ogni settimana, con la scusa di averne fatto voto durante una grave malattia: era secco e magro come un bastone, anche perché alla notte non dormiva per paura che gli rubassero i quattrini. E mio padre, a sua volta, è sempre ossessionato dall'idea che il Signore conceda all'uomo i denari, non per serbarli ma per spenderli. La malattia, però, si fermerà in lui, glielo assicuro io, Gabriele, se malattia ha, è quella di essere nato con le mani bucate».

Si guardò le mani attraverso la luce, ed i ragazzi assicurarono di vederne davvero i buchi.

Io sentivo un malessere quasi fisico, un senso di soffocamento; ed avrei voluto andarmene fuori, nella notte scura ricinta di stelle, o arrampicarmi sul tetto della casa: poiché quello che avevo davanti, che mangiava, e mangiava forte, e beveva, rideva, si beffava anche dei suoi parenti, era proprio il Gabriele da me immaginato in seguito ai racconti, per quanto benevoli, anzi orgogliosi, del padre: un giovane, insomma, stravagante e funambulesco, che faceva ridere la gente, ma per divertirsi dell'ingenuità altrui.

Bisogna dire che, oltre il resto, provavo una perversa preoccupazione per la salvietta che egli, nei suoi giuochi, aveva fatto sparire. Lasciai cadere la mia, per guardare sotto la tavola; ma non vidi che le salviette pendenti dalle ginocchia dei commensali; e nel sollevarmi mi accorsi che il viso di Gabriele di nuovo s'era oscurato, quasi tragicamente, e che i suoi occhi adesso mi fissavano ostili.

Sento ancora una fitta al cuore ripensando al dubbio che egli avesse indovinato la mia supposizione maligna: e quando mi avvidi che finalmente egli stava per rivolgermi la parola, mi parve che volesse dirmi:

"Ma, signorina, mi crede un ladro di salviette?".

Domandò, invece, e forse per vendicarsi:

«Tu studii?».

Quel tu paterno e protettore finì per esasperarmi: vidi gli occhi dei miei fratelli scintillare beffardi, mentre invece il viso di mia madre si faceva triste e umiliato: e per meglio difendermi dall'attacco, mi armai anch'io di una corazza rifulgente di riso.

«Perché ridi?», egli insisté, ma ormai anche i miei fratelli mi aiutavano, col coro delle loro risate; e le parti si capovolsero: il beffato era lui.

Ci guardò uno dopo l'altro, un po' sorpreso, e credette bene di riprendere il tono famigliare.

«Si potrebbe sapere perché la mia semplice domanda ha destato tanto successo d'ilarità?»

Io sento qualche cosa fondersi nel mio cuore; sento di essere entrata anch'io nel cerchio delle sue conoscenze e di poter rivolgermi liberamente a lui. Ho adesso la forza di guardarlo negli occhi senza misteri, di parlargli, di non aver più paura di lui.

«Io non ho mai studiato: non so quasi neppure scrivere e leggere.»

Il fatto della mattina mi smentisce: tuttavia egli non ricorda: e questo torna a ferirmi.

«Non sai neppure suonare?»

«Suonare? Che cosa? Nulla: neppure le campane.»

I miei fratelli cominciarono a tirare corde immaginarie, riproducendo i rintocchi delle campane quando suonavano per accompagnare i funerali: egli però adesso bada solamente a me, ed alza la voce per dominare il frastuono.

«Ed allora, che fai, tutto il giorno?»

Io guardo la mamma, quasi supplicandola a non smentirmi.

«Lavoro. Si è tanti, in casa, e le serve non fanno mai quanto occorre.»

I miei fratelli pretendono di continuare l'ostruzionismo, urlando e ridendo: ma la mamma, visto che le cose si avviano verso il serio, li fa sgombrare anche dalla stanza, e lei stessa va in cucina con la scusa di assicurarsi se il caffè è preparato bene.

Ed eccoci soli, l'una di fronte all'altro, attraverso lo spazio della tavola sulla quale gli oggetti in disordine mi pare partecipino allo sgomento che mi riafferra l'anima.

La voce di Gabriele adesso è diversa, quasi cupa, risonante nel silenzio intorno.

«Tu non hai sorelle?»

«E non ha visto?»

«Credevo ce ne fosse qualcuna sposata. Ma perché mi dai del lei? Quanti anni tu credi che io abbia?»

Lo sapevo, che aveva ventidue anni, ma tanti di più, almeno per me, ne dimostrava, che mi sembrava un uomo anziano: ciò nonostante mi sorprendeva e mi lusingava la famigliarità alquanto severa con cui egli riprese a parlarmi. Si era anche adagiato con una certa padronanza, volgendo la sedia di traverso ed appoggiando il gomito alla tavola, in modo che adesso la luce del lampadario lo illuminava di scorcio, ed io vedevo come due sue faccie, una bianca l'altra scura, sotto i capelli lucidi che di nuovo mi ricordavano le ali dei corvi in primavera. Si vedevano le ombre delle lunghe ciglia fin sotto gli occhi, e le labbra, nell'aprirsi e chiudersi, rivelavano e nascondevano i denti in un gioco volontario.

Egli voleva piacermi: lo faceva istintivamente, ed istintivamente io lo sentivo e me ne compiacevo fino a soffrirne. Guardando davanti a sé, come se rivedesse il panorama del suo passato, egli diceva:

«Quest'inverno sono stato malato di febbri reumatiche. Mio padre si ostinava a farmi studiare a Bologna, perché in quella città abbiamo un parente e, abitando nella casa di questi, qualche cosa si risparmiava nella pensione. Ma era una casa umida, senza riscaldamento: nella mia camera l'acqua si gelava nella catinella. La città poi è, d'inverno, freddissima, e quando si esce di casa gelati, gelati si rimane per tutto il giorno. E così, sebbene montanaro, io mi sono preso le febbri reumatiche ed ancora ne sento gli effetti: per questo sono sciupato e sembra che abbia trent'anni. Ma ne ho solo ventidue, grazie a Dio, e voglio conservarli per tutta la vita».

Si lisciò il viso con la mano sinistra, quasi per assicurarsi che diceva la verità, poi riprese:

«E fra tre o quattro anni sarò dottore. Il tempo passa presto, però, oh, come passa presto. Mi sembra ieri che avevo otto anni e frequentavo la scuola del mio paese. Eppure non vorrei tornare indietro. La fanciullezza è melanconica, specialmente in certe case ed in certi paesi. Il mio divertimento era di fermarmi nelle straducole, dove l'erba ancora cresce fra le pietre, per guardare ed invidiare le lucertole che non fanno altro che godersi il sole».

«Anche io!», esclamo d'impeto.

Egli si volge a guardarmi, poi riprende:

«Sì, nei fanciulli è istintiva l'invidia per gli animali liberi e felici. Chi non ha desiderato essere un uccello? Eppure gli uccelli, e tutti gli animali che ci sembrano felici, forse patiscono più di noi. Sentono di continuo la paura ed il pericolo, mentre l'uomo s'illude di essere forte, di crearsi il proprio destino. La felicità, invece, scaturisce dal nulla, al nulla ritorna, e non è in nostro potere il crearla».

Io mi sentivo battere il cuore, come se egli vi picchiasse su le dita. Ogni sua parola mi sembrava la verità stessa, ed ero orgogliosa che egli parlasse con me. Senza dubbio egli sapeva che io potevo capirlo; e volevo dimostrarglielo, ma avevo paura di rompere l'incanto. Egli, d'altronde, non pareva desideroso che io parlassi: parlava lui per conto mio.

«Anche tu sei una creatura felice: hai diciassette anni, un padre che lavora per te, una mamma santa, una bella casa, tanti libri che... non sai leggere. Eppure ne leggevi uno, stamattina, e come bello.»

«Io non leggevo.»

Egli non voleva contraddirmi: si guardava ogni tanto le unghie della mano sinistra e volgeva or di là or di qua la spilla della cravatta che pareva un piccolo girasole.

«E ti ho persino invidiato, questa mattina, quando ho veduto lo sfondo della tua finestra, e quei libri, e quel mobile arabo da museo. Ma dove lo avete pescato?»

«L'abbiamo avuto in eredità da uno zio vescovo», rispondo io con noncuranza, come se tutti i miei antenati siano stati vescovi e baroni.

Sebbene egli non badi molto alla mia risposta, adesso le sue parole mi pungono.

«Quando sarò ricco non farò altro che comprare bellissime cose: mobili antichi, sopratutto del Cinquecento, ferri battuti, statue, quadri, cristalli e miniature. Ma ci arriverò, a essere ricco? Mio padre, ripeto, afferma che ho le mani come un crivello.» Di nuovo si guardò le mani, facendo loro uno scherzoso cenno di rimprovero. «Del resto, a che serve il denaro, se non per soddisfare i nostri desideri, le nostre passioni? La vita di mio padre, oh no, io non voglio ripeterla. Lavorare, sfidare il sole e la neve come un pastore, vivere in una casa tetra e povera, per mettere da parte qualche moneta, che poi gli altri si godono, oh no, davvero: si offende anche Dio a vivere così.»

Io avrei voluto difendere il notaio, la cui figura austera mi sembrava degna di ogni rispetto; ma in quel momento rientrò mia madre, precedendo la serva che portava il caffè, e Gabriele cambiò discorso.

Tutti i suoi discorsi di quella sera rimasero stampati nella mia memoria come in un libro: non posso riferirli oltre perché ancora mi destano, nel rievocarli, un senso di malessere.

Poi venne l'ora di ritirarsi. Egli doveva ripartire all'alba: salutò quindi i ragazzi, e rivolgendosi a me disse:

«Ti manderò qualche libro, e cartoline con le vedute della Germania».

Io non osavo più guardarlo: e neppure lui mi guardava: non gli porsi la mano, né egli la cercò: ma le sue promesse mi strinsero la gola con un collare d'oro, come se egli mi avvinghiasse a sé per sempre.

"Io resterò qui con te, e tu verrai con me, per sempre"; così mi pareva mi dicesse: e quando egli fu sparito, nel grande vuoto intorno vidi solo gli occhi della mamma, anch'essi felici e spauriti per l'intesa che - ella lo capiva benissimo - si era già stabilita fra me e Gabriele.

Ma no, egli ancora non mi aveva detto tutto, e voleva dirmelo prima di andarsene tanto lontano.

Agitata, triste ed ebbra di una passione che ancora neppur io sapevo ben definire, riuscii a scivolare fuori, nell'orto, col bisogno prepotente di vedere le stelle, e, più luminosa di esse, la finestra della camera che d'ora in avanti sarà la nostra camera.

Ho l'illusione folle che egli mi veda, che trovi il modo di raggiungermi, di parlarmi ancora, di portarmi via con sé in un turbine di amore.

Il profumo della maggiorana, destato dal contatto delle mie vesti col cespuglio, mi fa trasalire; tutto ha qualche cosa di prensile, che mi attira verso la terra. E per terra, sull'erba nuova di ottobre, mi buttai davvero, quando una voce rispose a quella dell'anima mia.

Non è una voce umana; eppure risona per volere di un uomo, e ne esprime il gemito di passione simile al mio: è il lamento di un violino. Il suonatore eseguiva dei semplici esercizi, come cercando un motivo creatore, che desse forma ai suoi sentimenti; eppure questi trasparivano attraverso la sola vibrazione delle note, intonandosi miracolosamente ai miei.

"Noi ci amiamo, fanciulla, ma non osiamo rivelarcelo con parole mortali, perché il nostro amore ha già qualche cosa che ci spaventa, che ci unisce e ci divide con un colore di odio.

Io ho paura di te, perché sei pura e mite: ho paura di farti del male, mentre vorrei che tutta la tua vita fosse lieve e fresca come l'erba sulla quale palpita il tuo cuore nuovo: tu hai paura di me perché capisci che io conosco il male, e ho già intaccato e morso la vita coi miei denti selvaggi. Eppure, se io scendessi adesso fino a te, con la mia carne già impura, e ti tendessi le braccia, tu saresti la cosa più mia, e ti radicheresti in me come il bulbo del giglio nel concio che è mischiato alla terra.

Ma io non voglio; non posso scendere: anche perché il tuo piccolo corpo, acerbo e freddo come il ramo appena in germoglio, non mi piace. Mi piace l'anima tua vasta, profonda e scintillante come questa notte stellata: e con l'anima mia già scura e nebbiosa voglio parlarti.

Noi forse non c'incontreremo mai più sulla terra; ma saremo uniti lo stesso: questo è il vero amore, e tu, fanciulla, devi appagartene.

Quello che non me ne appagherò sarò io. Ti cercherò negli occhi delle altre donne, ma non ti ritroverò quale tu sei. Ti cercherò fuori di me, mentre tu sarai sempre dentro di me: e tu, per questo, non avrai più bisogno di cercarmi."

Così, dopo tanti anni e tante esperienze, io traduco il canto incerto ed ambiguo del violino di Gabriele.

Il fatto è che egli partì senza che io lo rivedessi, e la sua visita, fra le altre cose, lasciò in casa nostra quasi un senso di mistero.

La salvietta ch'egli aveva fatto sparire, non fu più ritrovata: nessuno, neppure i ragazzi, neppure le serve maligne, dubitarono che egli se l'avesse portata via: dicevano piuttosto che se l'era mangiata! Ad ogni modo il bel servizio rimase mutilato, ed ogni volta che io lo vedevo ne provavo dolore: mi pareva che qualche cosa, un membro della mia persona, un'ala dell'anima mia, mancasse pure a me.

Per lungo tempo, tutte le notti, i gemiti balbettanti eppure tanto espressivi del violino di Gabriele risonarono dentro di me, intorno a me. Quasi mi perseguitavano: li sentivo anche nelle notti di vento, attraverso l'ansito del torrente, nel silenzio, da vicino e da lontano: sprizzavano dall'erba dell'orto, dalle note dei grilli, dallo scricchiolìo dei mobili. E tutto mi pareva amasse e soffrisse, perché amavo e soffrivo io.

Non arrivarono le cartoline e i libri promessi da lui: neppure un saluto suo; mai. Solo, in inverno, anzi in tempo di neve, scesero ancora dai monti il notaio e il servo, intabarrati, coi cappucci orlati di nevischio.

Grandi accoglienze furono fatte loro, - poiché mia madre trovava naturale, anzi corretto, il contegno silenzioso di Gabriele: - alto brillò il fuoco nel camino, tutti i fornelli furono accesi, le serve corsero per la città in cerca di robe buone. Ma il notaio, pallido e freddo, non si accostava alla fiamma, non sorrideva mai: anzi pareva fosse specialmente arcigno contro di me, quasi indovinasse la mia passione e la disapprovasse.

Poco parlò di Gabriele, e senza il solito entusiasmo: solo disse che frequentava l'Università di Monaco di Baviera, che spendeva molti quattrini e studiava anche pittura.

Il servo a sua volta raccontò alle donne che le somme richieste dallo studente erano favolose, che il notaio s'inquietava, anche perché Gabriele scriveva di essere sempre malaticcio; s'inquietava fino a farsi venire anche lui male di fegato.

Infatti morì l'anno seguente. Io mi ostinavo ad aspettare il giovine, ma senza farmi illusioni. Dopo tutto, egli non aveva scambiato con me che poche parole, e si era divertito a strimpellare il suo violino nella camera degli ospiti, nel modo col quale eseguiva tutte le cose, cioè come esercizi, oltre i quali non andava.

Anche con me, forse, povera creatura incontrata per caso nella sua strada, si era divertito a tentare il principio di un'avventura, della quale si era subito dimenticato.

Eppure le vibrazioni del mio cuore non cessavano: e poiché erano innocenti, e nessuno le conosceva, io non cercavo di reprimerle.

Vaghe notizie di lui ci giungevano: dopo essersi mangiato il patrimonio paterno non era più ritornato al suo paese, ma, giovanissimo ancora, aveva in parte realizzato i suoi sogni ambiziosi, acquistandosi fama di valente specialista delle malattie tubercolari; e dissipava i suoi guadagni con le amanti di prezzo. La mia passione quindi parve spegnersi: in fondo mi rimaneva però un senso di umiliazione, quasi di odio, e il desiderio di incontrarlo di nuovo, un giorno, e farlo soffrire.

Ma anche questa era un'illusione. Gli anni intanto passavano, e non mi portavano neppure la speranza di trovare marito. Anche perché le cose di famiglia si mutavano e in peggio. Mio padre era morto quasi d'improvviso, lasciando sospesi gli affari dai quali traeva largo guadagno: i miei fratelli studiavano, e molti denari occorrevano per loro: mia madre lavorava e piangeva. Io stessa le proposi di licenziare una delle serve e di affittare una parte della casa, e anche la camera degli ospiti, per la quale, dopo il periodo del sogno e della vana attesa, nutrivo un astio speciale. E fu essa invece che mi portò fortuna.

Si presentò un giorno una donna del vicinato, chiedendo in affitto la camera per un segretario della prefettura: lei stessa si sarebbe incaricata dei servizi per lui. Disse:

«È un signore di una trentina d'anni, sano, elegante, di buona famiglia. Pare sia anche ricco: adesso abita all'albergo, dove tutti gli vogliono bene. Le ragazze ne sono tutte innamorate».

Mia madre ci pensò a lungo: ma visto che non si dovevano avere rapporti famigliari con lui, le informazioni essendo ottime, il compenso per la camera alto, fu concluso l'affitto. L'inquilino si presentò; ma lo ricevette solo mia madre, che poi non seppe dirmi altro:

«Eh, sembra un brav'uomo».

E nei primi tempi parve come se egli neppure ci fosse. Usciva alla mattina, tornava alla sera tardi: noi si evitava d'incontrarlo. Ma la nostra servetta, curiosa e intrigante, era naturalmente al corrente di tutti gli affari di lui; quando ne parlava arrossiva:

«Vedesse, signorina, che vestiti, che camicie fini egli possiede. E le maglie e le calze di seta. E poi diventerà prefetto, e poi ministro: perché non cerca di sposarlo?».

Io la respingevo. Dopo la prima delusione, sebbene riconosciuta in parte volontaria, ero diventata più dura, quasi selvatica: non leggevo più: lavoravo in casa, e più il lavoro era aspro e umile, più mi ci immergevo, come per castigarmi dei miei passati vaneggiamenti. Mi accanivo a ripulire gli angoli più oscuri e trascurati della casa, i cassetti pieni di oggetti inutili, i ripiani degli armadi dove i miei fratelli, da piccoli, avevano nascosto le loro cartacce e gli avanzi dei giocattoli: e buttavo via tutto. Così scendevo nelle profondità buie della mia coscienza, cercando di rischiararle a furia di confessioni a me stessa e di proponimenti austeri.

Ma sentivo la vita che se ne andava in melanconia, e che così, senza amore, senza speranze e senza peccato, mi pareva un vaso di cristallo che contenesse solo il vuoto.

La venuta dello straniero in casa nostra non mutava il colore dei miei giorni: diffidavo di lui come del resto degli uomini, ed evitavo di guardarlo, se per caso lo vedevo, quando usciva o rientrava. Ma ne sentivo il passo lieve ed elastico, l'odore che lasciava per le scale; qualche volta la voce calda e vibrante: e se per me egli era "l'inquilino", davanti al quale avrei dovuto sentirmi umiliata come per un segno di decadenza di famiglia, le parole della serva: "egli sarà prefetto" (escludiamo pure l'altezza di ministro) - lo rivestivano di rispetto e quasi di grandezza nella mia fantasia di ragazza provinciale.

La serva non smetteva di parlare di lui, e altrettanto con lui doveva far di me, perché mi accorsi ch'egli tentava di avvicinarmi e conoscermi. Finito il mese, egli stesso cercò di mia madre, per pagare l'affitto della camera, e si interessò ai fatti nostri: la mamma però gli fece capire che noi si desiderava vivere in solitudine, per il lutto recente e per le nostre disgrazie finanziarie.

Ed ecco un giorno lo incontro in casa di certi miei parenti, sola famiglia della città che una o due volte l'anno andavo a visitare. Erano cugini in secondo grado del mio babbo; gente benestante, ma oppressa da una numerosa figliolanza femminile: sette ragazze, una più bella dell'altra: tutte civette gagliarde, continuamente affacciate alle loro finestre, aspettavano il passaggio del Principe Azzurro, o di un semplice pretendente. Attiravano l'attenzione dei forestieri, degli ufficiali appena arrivati, dei commessi viaggiatori; ma di matrimoni non se ne concludevano mai.

La madre le conduceva con santa e sonnolenta pazienza a tutte le feste da ballo, alle prediche, alle messe cantate, dovunque ci fosse folla: lei stessa combinava gite in campagna e ricevimenti in casa sua, per attirare i merli; e di donne invitava quelle che non solo non potessero far concorrenza alle figliuole, ma ne facessero risaltare la bellezza, la statura, la freschezza.

Io capitai da loro, quel giorno, senza sapere che c'era ricevimento, e sarei tornata indietro con piacere, se le ragazze, che s'affacciavano egualmente alla finestra, non mi avessero scorta, chiamata, portata su nel turbine dei loro vestiti dei sette colori dell'iride. E mi portarono proprio nel centro della riunione, cordialmente, ma anche con un certo senso di beffa: e sulle prime mi sentii davvero un po' umiliata, piccola e scura com'ero, e fredda e melanconica: ma dopo il primo stordimento vidi i vivi occhi dei giovanotti intorno fissarmi con sguardo ben diverso di quello che rivolgevano alle mie cugine, e ripresi animo; non solo, ma cominciai a sentire a mia volta un benevolo calore di derisione per la scena che mi si svolgeva intorno.

Si giocava al gioco del perché.

«Perché, signor Attilio, oggi si è messo la cravatta turchina?»

«Mi piaceva quella.»

«E perché le piaceva quella?»

«Speravo piacesse anche a lei.»

«E perché sperava piacesse anche a me?»

«Credevo che il colore turchino fosse, per le cravatte, quello da lei preferito.»

«E perché sperava...», ecc.

Finché il disgraziato pronunziava la fatale parola: un coro di voci lo lapidava:

«Penitenza! Penitenza!».

Le frasi più sciocche venivano accolte da risate interminabili; eppure il gioco minacciava di languire, forse perché sotto non c'era il vero scopo di questi esercizi, che è l'eccitamento all'amore, quando sopraggiunse il nostro inquilino.

La sua apparizione portò nella stanza quasi uno sfolgorìo di sole: tutte le ragazze si alzarono e i loro vestiti colorati palpitarono come ali di farfalle. Egli invero aveva qualche cosa di chiaro, di luminoso, nel vestito grigio elegante, nel viso fresco, nei capelli castanei ondulati, e sopratutto negli occhi pieni di gioia furbesca ma schietta. Quel senso di festa che animava gli astanti, e specialmente le ragazze, vinse anche il mio cuore. E mi sentii ardere anch'io, tutta, per l'orgoglio di essere notata da lui, quando, indicandomi da lontano, come se da lungo tempo ci si conoscesse, egli esclamò:

«Anche lei qui?».

Venne diritto verso di me e tenne la mia mano riluttante nella sua, che era liscia e morbida come quella di un bambino.

I suoi occhi lunghi, limpidi e dorati, cercarono i miei: ma come diverso il suo sguardo da quello dell'altro! Sguardo che si dava tutto, fino alla profondità dell'anima, e non si ritraeva più. E la sua mano dolce ma ferma mi diceva:

"Ti ho preso, e non ti lascerò mai più".

Sopratutto mi avvinse il senso di confidenza e di amicizia che egli subito destò in me. Fu come se la porta chiusa della dimora notturna, dentro la quale amavo nascondermi, d'un tratto si spalancasse, e la luce del mattino arrivasse finalmente anche per me.

Il gioco fu ripreso: e con un colore ben più intenso di quello di prima. Una catena magica stringeva adesso l'uno all'altro gli invitati; e tutti, specialmente le ragazze, si protendevano verso di me e il mio compagno di gioco, quasi dovesse dalle nostre parole sgorgare il raggio che rivelasse il vero perché della riunione.

E c'è invidia, malizia, ma anche gioia, nello sguardo di tutti: la stessa madre delle ragazze, il cui viso esprime sempre una sofferenza segreta, adesso sorride e mi guarda benevola, quasi per incoraggiarmi a dar l'esempio alle sue figliuole sul modo di accalappiare il marito.

Il mio futuro marito si rivolge a me, lisciandosi l'una con l'altra le mani, e scuote la testa quasi per dire a sé stesso: vediamo se l'indovino.

«Signorina», dice con voce insinuante, tendendo l'orecchio verso il mio viso, come per incoraggiarmi a parlare, sia pure in segreto; «mi faccia la grazia di confidarmi perché lei oggi si trova miracolosamente qui.»

Il gioco, si sa, consiste nell'evitare, rispondendo, la parola perché. Io, invece, risposi d'impeto:

«Perché...».

Non mi lasciarono proseguire: le ragazze si sollevarono, con la gola gonfia di riso; i giovanotti guardarono con beffa il mio compagno. Ah, disgraziato, con una sola parola ti lasci prendere al laccio?

«Penitenza! Penitenza!».

Fu un grido generale.

Penitenza, a chi? A me che goffamente avevo risposto con la parola fatale, o penitenza a entrambi i giocatori che si impegnavano nella terribile partita dell'amore e del matrimonio?

Io però non sopportavo la decisione, anche se accompagnata da simpatia: e decisi di vincere io, con coraggio.

Così, quando il mio compagno di gioco, per penitenza mi impose di confessare come desideravo fosse il mio futuro sposo, risposi con accento che pareva leggero e invece risonava dal profondo del cuore:

«Come lei».

Il giorno dopo egli mi scrisse una lettera d'amore: e nel maggio seguente fu celebrato il nostro matrimonio.

«Tu hai pianto, sciocchina: hai ragione, però: tutto ci va di traverso, oggi. La Marisa è andata in paese ad assistere al parto della sua nuora, e il marito dice che ancora non hanno ricevuto la lettera con l'annunzio del nostro arrivo. La donna verrà domani mattina. Per questa sera faremo alla meglio: o vuoi che si vada all'albergo del paese?»

Così parlava mio marito, che dalla casa di Marisa aveva portato un involto, mentre con una chiavona che pareva quella di un carcere apriva la porta restìa della nostra nuova abitazione.

L'idea di andare all'albergo, piuttosto che passare la notte in quell'eremo flagellato dal vento, era lontana dal dispiacermi; ma avevo voglia di far dispetto al mio compagno, al quale facevo risalire la causa di tutti i nostri guai; e senza rispondere, e tanto meno dirgli di quel suono di violino che s'era già spento, attesi che egli aprisse la porta e la vetrata interna.

Con sorpresa piacevole vidi una graziosa stanza, d'improvviso illuminata dalla luce di fuori: le pareti verdognole e il soffitto di legno della stessa tinta, pareva riflettessero il colore degli alberi: certo lo rifletteva la cristalliera, in fondo, i cui vetri e le stoviglie colorate scintillavano lieti di passare dall'ombra alla luce. E tutto, la tavola ovale ricoperta di una striscia di trina, le sedie e le poltrone di vimini, con larghi ospitali cuscini, le ingenue stampe appese alle pareti, tutto in questa stanza che serviva da ingresso, da salotto da pranzo e di ricevimento, mentre il suo odore di chiuso se ne andava fuor della porta, quasi fuggendo per non aumentare la mia scontentezza, parve salutarmi con gioia, con amicizia. Nel penetrarvi, io vi sentii infatti qualche cosa di mio, come avessi mandato avanti un folletto per preparare il luogo a ben ricevermi.

Ah, sì, adesso lo so: era l'alito del sogno, col quale per tanto tempo avevo pensato a questo rifugio d'amore, che salutava benigno il nostro arrivo. Anche la camera da letto mi piacque subito, col suo caminetto all'antica, i mobili semplici, il letto con la tenera e innocente sopraccoperta bianca: quando però aprii il cassetto del canterano, per deporvi le mie robe, diedi un balzo indietro spaventata: poiché avevo veduto un topolino, nero e lucido come quelli che si vendono per bambini, apparire e sparire fra un mucchio di carta rosicchiata.

Mio marito, che con la sua santa pazienza era andato a prendere due brocche d'acqua alla fontanina dietro la casa, mi trovò di nuovo tutta scombussolata.

«Per un topolino! Ma, si capisce, in tutte le case di campagna ce ne sono. Troverò io il modo di farli sparire: il farmacista, mio amico, mi preparerà un buon boccone per loro.»

«Ma intanto la roba non si può mettere a posto: eppoi ci rosicchieranno anche le lenzuola.»

«Oh, che esagerazione! Eppoi», egli disse, rifacendo il tono della mia voce desolata, «il suono dei nostri baci li farà scappare.»

La frase, detta così in quel momento, finì d'irritarmi: ancora una volta pensai:

"No, no, io sono sola, io voglio restare sola: non ho nulla di comune con quest'uomo sconosciuto, che mi ha condotto qui con inganno, come l'orco nella sua casa nel bosco".

Ma non parlavo: avevo deciso di non parlare più. La mia valigia restava aperta sul letto, e le mie cose più intime sparse qua e là, sotto la luce della finestra dietro i cui vetri si sbattevano disperatamente le fronde dei salici; così mi sembravano sparsi e smarriti in un deserto desolato i miei giorni migliori, quando preparavo il mio piccolo corredo con tante illusioni sulla punta delle dita.

Egli intanto versava l'acqua nel catino e preparava il sapone e gli asciugatoi: poi aprì l'armadio e disse che, per quella sera, le nostre robe si potevano riporre lì dentro.

«Me ne incarico io. Intanto, prendi: bevi, su, non fare la capricciosa.»

Per forza mi fece bere un po' del caffè che si era conservato caldo nel tubo apposito: e non mi accarezzava, non mi diceva parole dolci: anzi mi trattava quasi con durezza: pareva intendesse il senso di ostilità e di rancore che io provavo contro di lui.

Così mi impose di togliermi lo spolverino da viaggio che ancora indossavo, e di lavarmi.

Egli già metteva le robe a posto.

"Oh, metti pur via le mie cose; attacca nell'armadio i miei vestiti, fa' sparire gli oggetti nuovi, coi quali m'illudevo di cominciare una nuova vita. Fa' pure; tu sei il padrone: tu puoi comandarmi come una serva, fare di me quello che ti pare e piace. Anche il mio corpo è tuo; ma l'anima ferita no, no, è ancora mia."

«Ma si potrebbe sapere che hai?», domandò egli infine, quando ebbe riposto tutta la roba, e messa via anche la valigia in un camerino della casa.

«Nulla. Ho freddo.»

Avevo freddo davvero. Il vento soffiava sempre più inesorabile, penetrava dalle aperture, diventava il padrone assoluto del luogo e dell'ora. Ora triste, di crepuscolo quasi invernale, con una luce bianca e fredda che pareva agonizzasse. Ed avevo l'impressione di trovarci, io ed anche il mio compagno, in un luogo di esilio, di castigo, per non so quale colpa commessa.

«Adesso mangeremo, e ti riscalderai», egli riprese, remissivo. «Il marito di Marisa mi ha regalato un pane casalingo e un salame: per dono di nozze non c'è male. Abbiamo ancora del pollo, e il vino. Adesso apparecchio.»

Egli conosceva a menadito la casa, che in precedenza era stata dalla Marisa ripulita e provvista di cose necessarie. Ma la cosa più necessaria, quando la luce venne meno, non si trovò. La lampada a petrolio era vuota, le candele mancavano.

Un po' mi venne da ridere, per le premure inutili che mio marito si dava; un po' mi sgomentai al pensiero di dover passare la notte al buio, in quella casa sconosciuta, con quell'uomo che non era più il mio fidanzato e che di momento in momento diventava per me quasi un nemico. Eppure, quando egli annunziò che voleva fare una nuova corsa dalla Marisa per provvedersi di un lume, sentii bene che la sua presenza mi era necessaria più della luce stessa.

Io non sono stata mai paurosa, ma quel giorno tutto il mio essere era come capovolto: la bambina risaliva a galla nella sposa, la fantasia prendeva il sopravvento sulla realtà. Non era invero questa la realtà che avevo attesa dal mio viaggio di nozze; e le più piccole contrarietà, come gli oggetti nella penombra della sera, prendevano forme grottesche.

A nessun costo sarei rimasta sola un minuto, io che mi vantavo con me stessa della mia superba solitudine interiore: sola, in quelle stanze che mi erano apparse così intime, ma che di momento in momento si riempivano sempre più di ombre e di fantasmi.

«Non andare, non andare», prego ed impongo a mio marito; «non voglio stare qui sola: adesso basta; adesso sono stanca.»

Egli non risponde: pare si domandi il significato delle mie parole: forse lo intende, ma lo travisa volontariamente.

«Ebbene, va a letto, se sei stanca. Ci si vede ancora. Io vado e torno.»

Esasperata, comincio a gridare:

«No, no, no!».

«Ma che hai, Nina?» (Egli usa chiamarmi con questo nome, che nessun altro mi dà: e in quel momento mi parve rivolto appunto ad una persona che non ero io.) «Per queste piccole cose ti disperi? È la stanchezza: domani tutto sarà passato. Va a letto, fammelo per piacere. Andiamo, su, cara.»

Mi prese per il braccio, mi accarezzò le spalle. Io l'odiavo. Mi scossi tutta, lo respinsi.

«Lasciami. Non voglio andare a letto; voglio stare alzata tutta la notte.»

Egli si mise a ridere ed a parlare come fra di sé.

«Si comincia bene! Era molto meglio se si andava all'albergo: e molto meglio ancora se si stava a casa. Ma era lo stesso.»

Tentò di pigliarmi ancora con le buone, in fondo indispettito anche lui; anche lui trovava nella sua piccola sposa irragionevole una donna che ancora non conosceva; che lo avrebbe fatto soffrire, che infine, non era più la dolce fidanzata di ieri, ma l'acre moglie dell'avvenire. Egli era uomo, però: ed uomo di esperienza: aveva quasi dieci anni più di me, e conosceva la vita. E conosceva già anche le mie debolezze.

Mi lasciò quindi sola nella saletta da pranzo, davanti alla tavola ancora apparecchiata, sulla quale batteva desolatamente l'ultima luce verdognola della porta a vetri.

Ma non uscì. Lo sentivo frugare nella camera da letto e nella cucina; andò anche fuori, dalla porticina dietro la casa, ma senza allontanarsi.

Sentivo il vento irrompere nella cucina e penetrare dall'uscio di comunicazione: arrivava fino ai miei piedi con un guizzo di serpente: e io m'irritavo sempre di più, pure vinta da una tristezza che rasentava la disperazione.

Mi pareva di essere legata e buttata come un sacco nella stiva di un bastimento che andava, andava, fra il rombo del mare in tempesta.

D'un tratto, però, sento un odore di fumo. E quest'odore di casa viva, di gente viva, profumo di famiglia, di calore, di poesia, mi richiamò in me stessa: le lagrime tornarono a bagnarmi gli occhi, ma come diverse dalle prime!

Mi sembrò di svegliarmi da un incubo, d'ingoiare, col mio pianto, tutta quella giornata tenebrosa e malvagia. Il mio compagno accendeva il fuoco. Quando spalancò l'uscio della camera da letto, vidi la fiamma nel camino; e sullo sfondo come di sole sorgente la figura di lui mi riapparve quella che era stata fino al momento in cui il sacerdote aveva congiunto le nostre mani: l'immagine vivente dell'amore.

La mattina seguente venne Marisa. Mio marito si alzò per aprirle la porta; e li sentii ridere e confabulare nella cucina, mentr'ella accendeva il fornello e preparava il caffè. Egli domandava notizie del paese, del farmacista, delle cose del Comune. Le cose del Comune non andavano troppo bene: Marisa lo sapeva, perché tutti in paese ne parlavano: si era pieni di debiti e il Consiglio comunale, poiché in quel tempo non c'erano ancora i podestà, doveva essere sciolto.

«Verrà un commissario prefettizio: perché non si fa nominare lei?»

"Non ci manca altro", penso io, allarmata, ma non eccessivamente.

Le cose avevano cambiato aspetto, dalla sera prima, e adesso mi sembrava di sognare, o meglio che le vicende del giorno avanti fossero state solo un brutto sogno: e io stessa ero diventata completamente un'altra donna.

Cessato il vento, di fuori e intorno a me, nella camera grande e tiepida, regnava un silenzio eguale solo a quello che si sente quando un treno rombante si ferma in una stazione solitaria di montagna.

Avevo l'impressione che la terra avesse cessato di camminare, e tutto e tutti si stesse sospesi nello spazio, infinitamente azzurro e puro. Gli alberi, davanti alla finestra, della quale mio marito aveva aperto le persiane e gli scurini, mi parevano incisi sulla lacca dorata del cielo: e lo stesso pigolìo degli uccelli aveva una vibrazione meccanica, come quella degli usignoli finti.

Le parole che il mio compagno, sporgendo il viso dall'uscio, pronunziò sottovoce, non turbarono, anzi accrebbero quel senso di incanto:

«Vuoi che la Marisa ti porti il caffè? Ha già comprato anche il latte, il pane, una gallina, pesce, frutta e verdura».

Ben venga, dunque, questa Marisa, che oltre alla cornucopia dell'abbondanza, pare abbia recato il dono della pace e della serenità.

E invero, quando ella apparve sull'uscio, col vassoio del caffè, badando a non rovesciare i recipienti, ma nello stesso tempo sbirciandomi subito con gli occhi di gatto, mi sembrò una di quelle fate travestite da vecchie storpie, che girano per i boschi delle fiabe in cerca di bambini dal cuore generoso. E storpia lo era infatti, con una spalla giù, una su, col petto duro prominente, i piedi che pareva fossero in collera fra di loro e camminassero ciascuno per conto proprio, volgendosi i calcagni: la testa, però, bellissima, per i colori pastosi che l'animavano: bianco dorato di lentiggini il viso, le labbra rosse, gli occhi di smeraldo: i capelli abbondanti, crespi e del colore acceso della saggina matura. Pareva la testa di una ragazza; ma quando ella aprì la bocca per salutarmi, vidi che le mancavano quasi tutti i denti, e la voce forte ne risentiva, sibilando un po' come il vento quando non trova ostacoli.

«Mi scuserà» signora, se ieri sera ho fatto quella brutta figura. Ma la loro lettera, pensi, ancora non è arrivata. Oh, qui, riguardo a servizi, tutti fanno il comodo loro. Lei dirà: anche voi avete fatto lo stesso: ma, capirà, c'era la mia ragazza che doveva partorire. E la gente viene al mondo, e se ne va quando meno lo si pensa. E in questo caso si può dire proprio la gente perché la mia nuora ha partorito due gemelli.»

«Bene! Sono i primi?»

«Eh, no. La mia Pierina è brava: ne ha già fatti altri due: due e due fanno quattro: tutti maschi, se Dio vuole. Lei ha venti anni e il mio figliuolo venticinque: così faranno a tempo a vedere i figli grandi.»

Ella pareva soddisfatta, quasi orgogliosa: eppure il mestiere dei suoi uomini non era facile: gente tutta di mare, aspra, sempre in faccia al pericolo e alla morte più cruda.

Del marito, però, non era completamente contenta, e quando gliene domandai notizie me le diede malvolentieri.

«Mio marito è un santo uomo, ma ha le sue idee strambe. Ha viaggiato per tutti i mari, su piroscafi mercantili, senza mai salire di grado né trovare fortuna. Da tre anni è venuto a casa, senza un centesimo, tutto lacero e pesto come un pellegrino; e non accetta un soldo da nessuno; non saluta nessuno, con certe sue idee in testa. Insomma le devo dire che è? È un anarchico. Si figuri, a quell'età, con la bocca vuota peggio della mia, e l'artrite addosso. Ma non fa male ad una mosca, non solo, ma poiché s'è messo a fare il pescatore alla lenza, quando piglia i pesciolini piccoli li ributta in mare. Per questo, non è preso sul serio nemmeno dalla Polizia.»

Io seguivo i suoi discorsi, ma pensavo ad altra cosa. Ecco, ella aveva socchiuso la finestra, e nell'aria incantata del mattino vibravano di nuovo, ma lontani e come sotterranei, gli accordi di un violino: gli stessi della sera avanti.

«Chi ci sta, qui accanto?», domando, ripresa da un senso di mistero.

«Qui, a destra, verso l'arenile, in una casetta di sua proprietà, ci sta un cieco di guerra, con la moglie. D'estate fanno pensione ai villeggianti, ma adesso, che io sappia, non ci sta nessuno. Sarà lui che strimpella lo strumento. Non si allarmi, però, signora; è gente tranquilla, e la siepe alta li divide completamente di qui.»

Ecco subito il quadro davanti a me: vedo il cieco nella sua camera, illuminata come questa mia dal sole che sembra stupito del suo stesso splendore: l'infelice sente penetrare fino al suo cuore avvolto di tenebre questa luce di Dio, e la saluta con la voce commossa del suo violino.

No, Marisa, non mi allarmo di questa vicinanza: piuttosto penso che sarà la nostra vicinanza, cioè quella della nostra felicità, a turbare la triste quiete di quei due sposi già avvolti dallo stesso velo funebre.

Quando mi affacciai alla finestra, vidi, distesovi sotto, un miracoloso tappeto verde ricamato di margheritine rosee: e fra l'uno e l'altro dei salici che l'ombreggiavano, aprirsi un viottolo in fondo al quale brillava lo specchio azzurro del mare.

Mi feci il segno della croce: tanto il senso di gioia che provavo mi arrivava alle radici dell'anima. Poi scrissi alla mamma: e per impostare la lettera si andò alla stazione, rifacendo la strada solitaria del giorno prima. Non volevo ancora visitare il paese: avevo paura di veder gente, di uscire cioè dal cerchio magico di solitudine che Dio aveva segnato intorno a noi per la nostra felicità. Solo, nel ritornare indietro fino alla spiaggia, sbirciai la villetta rossa del cieco di guerra, nascosta fra due siepi di tamerici: e acconsentii di andare a vedere l'abitazione della Marisa, tanto più che a quell'ora non doveva esserci nessuno.

Infatti, solo un cagnolino giallastro, che pareva una volpe, già amico di mio marito, stava sdraiato sulla sabbia, davanti al recinto preistorico di sassi, rami e tamerici, che difendeva la casa. Casa? In realtà era una grande capanna, di muri a secco, in un secondo tempo rivestiti di fango e di calce, col tetto di assi, la porta e due finestre nuove, che per il loro bel colore verde ramarro stonavano nella costruzione trogloditica.

Oltre il cane, che si era alzato e poi comodamente rimesso giù sulla rena dov'era stampata la sua impronta, numerose galline animavano il cortiletto sabbioso che cingeva col suo anello chiaro la casupola nera. Il cancello di rami, fermato con un gancio di legno, fu da noi facilmente aperto; e da una finestra socchiusa s'intravide subito l'interno pittoresco della stanza, che serviva da camera da letto, da cucina, da ripostiglio per gli arnesi da pesca. Tutto vi era pulito e in ordine: sulla mensola del camino le caffettiere, e altri recipienti di rame, sembravano nuovi: e sulla scranna accanto alla porta distinsi il fuso e la rocca gonfia di canapa, nonché una rete da rammendare. Un senso di vita antichissima, di vita ancora all'alba dei tempi e dell'umanità, si sprigionava da tutto l'ambiente: e io stetti a guardare dentro la casa dell'anarchico come i bambini guardano dentro il pozzo dove si riflette la luna.

Questo è proprio il paese della luna di miele. Si scende verso il mare: la spiaggia è in pendio, e in questo punto assai larga, con una sabbia finissima e mobile, che il vento ammucchia in vere dune. Bisogna alquanto faticare, poiché non si è scalzi, per raggiungere la striscia solida lambita dalle onde chiare come acqua di fiume.

Eccoci dunque nel cerchio del sogno tanto sognato: fra mare e terra; fiorito di vele rosse il primo, l'altra di croco e di ranuncoli. Dopo la zona dorata dell'arenile, si vedevano spesso gruppi di alberi, quasi tutti pioppi e platani, e in mezzo a essi piccole graziose ville con le finestre chiuse. Nessuno le abitava, in quella stagione; e infatti sulla spiaggia davanti a noi si notavano solo le impronte di piccole zampe di uccelli che pareva fossero scesi a bagnarsi nel mare: erano invece le impronte delle rondini marine che di tanto in tanto scendevano a riposarsi fra i giunchi delle dune.

Solo noi due, di gente viva, si andava lungo la spiaggia, nell'infinita pace di quel giorno divino, col sole tutto nostro, il cielo, il mare e la terra creati solo per noi: coppie di farfalle d'oro venivano dalla brughiera, e ci seguivano, come attirate da un comune effluvio d'amore, ed ogni tanto io mi piegavo, con meraviglia veramente infantile, a raccogliere qualche conchiglia che pareva un fiorellino pietrificato.

Ma la vita è sempre la vita, con le sue pause ingannevoli, con le sue grazie e le sue crudeltà a volte intrecciate assieme.

Ed ecco che mio marito, come il giorno avanti per riguardo alle reclute selvatiche, anche adesso si scosta alquanto da me, per un istinto di rispetto al prossimo, e pare voglia nascondere la nostra intensa felicità.

Un uomo vestito di nero appariva in fondo all'arenile, la sua figura mi sembrò dapprima altissima, fra la linea gialla della duna e lo sfondo grigio delle tamerici; poi si rimpicciolì d'un tratto, come sprofondandosi nella sabbia, si risollevò alquanto, prese forma precisa nell'avvicinarsi obliquamente a noi. Era quella di un uomo giovane ancora, ma evidentemente malato. Il suo viso giallognolo, con gli occhi cavernosi, circondato dalla cornice di una barbetta a collare e dai capelli neri radi e crespi, mi ricordò qualche antico ritratto dei miei nonni di origine moresca: e a misura che egli si avvicinava a noi, qualche cosa d'impressionante, come appunto un ricordo atavico sepolto nelle fondamenta del mio essere, mi balzò su per le vene, fino a colpirmi il cuore e a ottenebrarmi le idee. C'incontrammo: anche i suoi occhi, dalla loro nicchia livida, guardarono quasi spaventati le nostre figure; poi egli proseguì in senso inverso al nostro, senza fermarsi, senza voltarsi.

Anche noi si proseguì, in silenzio. Io guardavo la sabbia ai miei piedi, come prima, nell'innocente ricerca delle conchiglie, ma stringevo le labbra, quasi per impedire che il mio compagno sentisse, attraverso il mio respiro, l'ansito del mio cuore stravolto. Poiché nell'uomo avevo riconosciuto Gabriele.

Gabriele, o un fantasma che mi ricordava Gabriele? Nell'uomo incontrato non c'era più nulla del giovane ventenne che io avevo veduto o appena intraveduto - nella mia casa paterna: eppure, perché si rassomigliavano tanto? Forse perché, negli anni che seguirono alla mia attesa delusa, il rancore, l'umiliazione, anche la rabbia verso me stessa, m'inducevano a immaginare la figura morale di Gabriele sinistra e malata come quella dell'uomo adesso incontrato sulla spiaggia.

E mi domandavo se dovevo o no parlarne al mio compagno. Durante il nostro fidanzamento, io gli avevo appena accennato alla mia prima ed unica vicenda d'amore, senza insistere, poiché egli si era mostrato alquanto geloso. Adesso, poi, mi vergognavo di dire che il brutto e quasi grottesco uomo incontrato, era forse il fantastico Adone della mia fanciullezza. Forse, poi, non lo era.

E perché allora turbare, sia pure per un momento, la serenità del mio compagno? Non ne avevo il diritto. Le mie fantasie e le mie allucinazioni dovevo tenermele per me, tanto più che erano i rimasugli torbidi di un passato da liquidarsi completamente.

Del resto, appena l'uomo fu lontano, mio marito mi riprese sottobraccio, esclamando:

«Che brutta ghigna, quel disgraziato. Dev'essere malato di fegato».

«Tu», domando io, sempre guardando la sabbia ai miei piedi, «non l'avevi ancora incontrato?»

«E dove?»

«Qui, l'estate scorsa.»

«Mai visto, mai conosciuto, mai sentito nominare.»

«Speriamo non abiti vicino a noi.»

«Perché. Hai paura?»

«Paura di che?»

«Che ci venga a disturbare.»

Io rido: sollevo gli occhi e guardo i limpidi perlati occhi di lui. Rido, ma il cuore mi trema, e in ogni nostra parola trovo un significato misterioso. Sì, è vero, ho paura dell'uomo incontrato, della sua vicinanza, del suo male. E ricordo la casa del cieco di guerra, il gemito del violino: sì, è lui, è Gabriele, che dopo la sua vita di ambizione e di stravizi, già malato fin dalla prima giovinezza, forse adesso vicino a morire, è venuto a rifugiarsi in quest'angolo di mondo dove la fatalità ha condotto anche noi.

Ma io voglio assicurarmi e andare subito in fondo: sapere se nella pensione del cieco di guerra ci sta un inquilino, e se questo è Gabriele: e se lo è, dico tutto a mio marito e andiamo subito via di qui. Mi sembra però di sentire già le sue parole di risposta:

"Scioccherella, ma davvero hai paura di quello spaventapasseri? E che c'è poi stato, fra voi due? Quante ragazze non incontrano, il giorno stesso del loro matrimonio, i loro ex spasimanti?".

D'altronde, io stessa mi domandavo se, dopo tutto, Gabriele mi aveva riconosciuto, e se, riconoscendomi, si era turbato e intendeva molestarmi. In fondo sentivo che, sì, egli mi aveva riconosciuto e ne provava un turbamento più intenso del mio: ma volevo illudermi ancora. No, egli non mi aveva riconosciuta, forse neppure veduta: i suoi occhi erano quelli di uno che è già sulla via della morte e non vede più nulla delle cose che non riguardano la sua tragedia.

Il pensiero che egli era appunto un semplice passante, uno che se ne va per conto suo, e che forse non rivedremo mai più, mi procurò un sollievo crudele. Fra pochi mesi egli sarà morto, spezzato e portato via dall'onda del tempo, come una di queste conchiglie vuote della spiaggia; mentre davanti a me, invece, la vita si stende e s'incurva più cerula e più luminosa di questo mare e di questo cielo che sono anch'essi, per me, l'interno di una infinita conchiglia, della quale la mia felicità è la perla.

Un senso di gioia panica torna a sollevarmi: ho dentro il cuore tutto il tremolio e il fulgore del mare e del cielo: e gli occhi guardano il sole, per cercarvi Dio e ringraziarlo di avermi dato la vita.

L'inizio della mia vita di sposa ebbe davvero un non so che di fantastico, pur nella sua semplicità, come una delle innumerevoli piccole cose create da Dio, che a guardarle sembrano niente ed esaminate riempiono l'anima di meraviglia. Così io guardavo le conchiglie, gli uccelli, le farfalle, i cristalli salini, i fiori della riva. Non avevo ancora vissuto così vicino al mare, e nel suo sfondo mi sentivo piccola e fragile eppure con un respiro ampio; e felice e bella come le rondini marine che lo sfioravano e parevano tingersi del colore dell'onda.

L'uomo nero, il fantasma incontrato il primo giorno, non era più riapparso, né più avevo sentito il suono del violino. Nel nostro nido tutto procedeva bene. La Marisa arrivava al mattino, presto, carica di provviste, e pretendeva che gli sposi si alzassero tardi e lasciassero a lei tutte le cure materiali della loro vita.

Entrando nella nostra camera, col vassoio del caffè fra le grandi mani nodose, pareva fiutasse l'aria, come una belva già anziana che sente l'odor d'amore delle giovani coppie della sua razza. Quando apriva le imposte, i suoi capelli arrossavano il vano azzurro della finestra, e i suoi occhi, volgendosi a noi ci portavano il riflesso della bella giornata.

Odore di rosa entrava con la prima aria: era il profumo dei pioppi, ma nel sentirlo io avevo l'impressione che un giardino fiabesco, con laghi, cigni, tempietti e statue, circondasse la nostra dimora: una scala di marmo scendeva al mare, un viale alberato conduceva al bosco. In realtà si sentiva il canto del cuculo, che mi ricordava la fanciullezza acerba, quando ancora non conoscevo Gabriele, e domandavo all'uccello melanconico quanti anni mi separavano dallo sposo, dai figli, dalla morte.

Lo sposo è qui, i figli verranno, la morte è lontana. Eppure la voce del cuculo mi attira ancora e, come da bambina, vorrei trovarne il nido, o almeno interrogare di nuovo l'oracolo.

Mentre mio marito si diverte a stuzzicare la Marisa, domandandole se il consorte è stato finalmente messo in carcere, se la nuora ha intenzione di fabbricare altri due gemelli, se il Comune ha fatto nuovi debiti, io scivolo dal letto nuziale, e a piedi nudi esco nel praticello davanti alla casa: in fondo al vialetto vedo il mare, fermo come una muraglia di cristallo turchino: i gabbiani lo rasentano, soffusi di azzurro; i fiori del prato, tutti rivolti al sole, si piegano in atto di saluto; l'aria è così trasparente e i colori intorno così iridati, che si ha l'impressione di trovarsi dentro un diamante.

Mio marito, la cui toeletta è molto più lunga e complicata della mia, sporge dalla finestra il viso coperto di una barba bianca di sapone, e mi richiama dentro energicamente.

«Ma che fai, scalza? Ti piglierai un malanno. Vieni subito dentro.»

«Vengo.»

Come i bambini disubbidienti, proseguo invece la passeggiata proibita: l'erba è fresca e si ha quasi voglia di piegarsi a sorbirne la rugiada: sulla siepe del viale i ragni hanno tessuto piccoli arcobaleni; le farfalle mi sfiorano con famigliarità i capelli, e una lucertolina di bronzo fa altrettanto coi miei piedi. Oh, tu, sposo, hai un bel chiamarmi: io non sono più tua: sono ancora una bambina di sette anni che corre sull'erba del prato e dei sentieri dove la mamma le ha proibito di andare.

"Non andare lontano, bambina: là in fondo c'è l'orco, c'è l'uomo nero."

L'uomo nero infatti, era là in fondo, dove il muro azzurro del mare ricingeva la terra.

Camminava a testa bassa, come cercando un oggetto smarrito: non mi vide, certamente, ma io mi gettai lo stesso indietro, nell'angolo della siepe, per meglio nascondermi ed aspettare che egli si allontanasse: e mi pareva che l'erba tremasse con me, ai miei piedi, che i ragni sospendessero l'opera loro e le farfalle fuggissero: tutto per paura di lui. Di lui che velava la luce del sole, e che forse cercava sulla sabbia, al limite fra la vita e la morte, le orme dei suoi giorni perduti.

Nel rientrare a casa dovevo avere il viso spaventato e nello stesso tempo sornione del ragazzo disubbidiente al quale è capitata qualche inconfessabile disavventura, perché mio marito, già seduto a tavola davanti alla tazza di caffelatte che Marisa gli aveva preparato, mi guardò fra l'inquieto e il severo.

Andai a mettermi le calze e le scarpe, domandandomi ancora una volta se dovevo parlargli di Gabriele; sì, dovevo: ma il modo ostile col quale egli mi accolse a tavola, come appunto si accoglie un ragazzo che si vuole punire, mi chiuse le parole in bocca.

E di nuovo una ingiustificabile melanconia sorse fra noi quella mattina, in apparenza perché io non ero tornata subito indietro appena egli mi aveva chiamato, e perché più tardi non volli fare con lui la solita passeggiata lungo la spiaggia: in realtà perché io mi sentivo profondamente turbata e preoccupata per la macabra riapparizione di Gabriele, e sopratutto perché mio marito, senza spiegarsene la ragione, sentiva a sua volta che qualche cosa d'insolito e di grave ci separava.

Ma anche lui taceva, perché non c'era nulla da dirci o da rimproverarci: nulla: e tuttavia l'ombra ci separava.

Ma no, nulla ci separava. Anzi, pensando a quella che sarebbe stata la mia vita accanto all'altro, e ritrovandomi nella realtà presente, l'anima mia esultava come l'allodola nell'alto dei cieli.

Eppure, perché dunque quest'ombra, questo indefinibile peso, questa linea misteriosa di silenzio, questo rifiutarsi fisico della bocca a pronunziare un nome che non era nemico né amico per noi? L'ho capito più tardi, passata la burrasca. Io non volevo appunto intorbidare, neppure con una nuvola che passa, l'atmosfera limpida dei nostri primi giorni di vita in comune: giorni che in avvenire dovevano sempre apparirci come i primi della creazione di un mondo nuovo, tutto luce e trasparenza, non macchiato da un solo filo d'ombra.

Quando, dunque, mio marito rientrò dopo la sua solitaria passeggiata mattutina, gli corsi incontro e lo abbracciai come se egli ritornasse da un lungo viaggio: anche lui mi strinse a sé con gioia, e la pace fu fatta.

Nel pomeriggio si andò al paese.

Tutti, nel paese, conoscevano mio marito, ed egli conosceva tutti, mentre io ero guardata con curiosità dalle donne sedute davanti alle porte delle innumerevoli bottegucce della via principale, e dagli uomini riuniti in gruppi qua e là nella piazza.

Si entrò nella farmacia per comprare un dentifricio, e il giovane del farmacista, che era poi un bel vecchio grasso e ridanciano, mi fece un profondo inchino, guardando alla sfuggita e con malizia il mio compagno.

«Signora, i miei rispettosi e sinceri auguri. Come le piace il nostro borgo?»

«Oh, molto. È uno dei più ridenti paesi che io conosco.»

A dire il vero non ne conoscevo molti; ma in quel momento mi pareva di aver viaggiato mezzo mondo.

«Onoratissimi, signora! Peccato che il clima non sia costante: a volte fa un freddo siberiano, al quale segue un caldo d'inferno. Poi ci sono i periodi di vento violentissimo, quali, dicono, ci siano solo in Cina: allora bisogna chiudersi dentro casa, aspettando che questa crolli.»

«Amico mio», interviene mio marito, «lei non fa una piacevole réclame al suo paese natio.»

L'uomo sollevò in alto l'indice, che pareva un salsicciotto.

«La verità innanzi tutto, illustre amico. La signora giudicherà: poiché uno di questi periodi si avvicina a grandi passi: lo sento da certi scricchiolìi delle mie vecchie ossa.»

«Speriamo che tali scricchiolìi dipendano solo dalle conseguenze dei lauti banchetti che lei si gode da solo, carissimo signor Nele», ribatte mio marito, facendo atti di scongiuro. «Siamo in maggio.»

L'uomo mi porse con grande gentilezza, quasi con galanteria, il pacchetto del dentifricio.

«A lei, signora, sebbene constati che i suoi denti brillano come perle. Del resto», aggiunse frenando un sorriso di malizia, «loro, signori sposi, non hanno da temere gran che, pur restando chiusi tre giorni e tre notti nel loro nido. Piuttosto questo cormorano...»

Le ultime parole le pronunziò sottovoce, e io feci appena in tempo a tirar mio marito per il braccio e costringerlo a seguirmi fuori della farmacia, quando il fantasma nero che aveva oscurato il vano della porta si avanzò, evitandoci, verso il banco.

«Che faccia hai fatto», disse mio marito, guardandomi preoccupato. «Sei verde.»

Allora io proruppi:

«Quell'uomo mi fa paura: mi sembra un fantasma di cattivo augurio. Se torna il vento ce ne andiamo davvero. Io non voglio stare in questo paese, quando c'è il vento. Ho paura».

Egli mi riprese sottobraccio e, meno male, cominciò a scherzare.

«Ma si potrebbe sapere con precisione di chi o di che cosa hai paura? Di quel barbagianni, o del vento?»

«Di tutti e due», risposi. Eppure in fondo mi sentivo offesa perché prima l'uomo della farmacia, e adesso lui chiamavano Gabriele col nome di due uccellacci.

«Ma che t'importa? Se quel disgraziato ci ha i suoi malanni, se li tenga per sé. E se torna il vento stiamo davvero dentro e accendiamo il fuoco come quella sera. Ricordi?»

Egli mi stringeva il braccio, per riaccendere in me il ricordo di quella prima sera, quasi io me ne fossi dimenticata: e in realtà mi parve di riveder la fiamma guizzare nel camino e sciogliere l'ombra intorno. No, nulla di male ci può accadere, quando siamo sicuri di voler solo il bene.

Ecco dunque, verso sera, l'orizzonte si coprì di nuvole simili a montagne di lava, con viottoli rossi che vi serpeggiavano fiammeggiando: il vento cominciò solo il giorno dopo, verso mezzogiorno, e la stessa Marisa annunziò che sarebbe stato violentissimo.

Ma nulla avevamo noi da temere, poiché in casa c'erano provviste per otto giorni, e legna, e candele, e petrolio.

Ci mancava solo da leggere, e mentre la donna finiva di rigovernare, mio marito fece una corsa al paese per procurarsi giornali e qualche libro.

Io uscii sullo spiazzo davanti la casa, dove il vento arrivava attenuato, poiché soffiava da nord-ovest, e sconvolgeva i salici e i pioppi solo a sinistra della nostra abitazione, traversandoli con la sua fiumana violenta che andava a sfogarsi nel mare. Si vedeva la sabbia dell'arenile sollevarsi come un vapore giallo, e uccelli e farfalle mischiarsi al turbine, quasi sfidandolo con la loro leggerezza.

Non so per quale istinto, mi venne il desiderio di imitarli. Il vento, non arrivato ancora al massimo della sua forza, aveva una voce d'invito, come una musica che eccita alla danza o alla marcia: e doveva essere di nuovo qualche cosa di atavico, quel desiderio di mescolarsi e combattere con gli elementi, che mi spingeva verso la spiaggia.

Ma allo sbocco del sentiero mi fermai incerta, anzi sbigottita: il vento adesso mi passava davanti, portandosi via la sabbia, con una follìa di rapina; sollevava le mie vesti e i miei capelli, quasi tentando di strapparmeli; mi penetrava nelle orecchie, mi riempiva gli occhi di rena e la bocca del suo sapore di funghi e di muschio, che dava l'impressione di un suo luogo d'origine, cioè delle grotte donde era sgorgato come un gigante troglodita che vuole sconvolgere la pace della natura.

Eppure il desiderio di misurarmi con lui mi riprende: sento di essere anch'io una forza naturale, e voglio attraversarlo come lui attraversa gli alberi e i cespugli. Mi stringo le vesti con una mano, con l'altra tengo fermi i capelli, e scendo verso la riva. Il mare è tranquillo, azzurro, appena increspato dalla furia del mostro: anzi pare ne sorrida, mentre sulla spiaggia sconvolta la rena fugge spaurita, rifugiandosi a ridosso delle dune.

Io mi fermo di nuovo al limite dell'acqua, e ripenso a certe mogli di pescatori, quando fra la bufera aspettano a riva il ritorno delle barche.

Le barche, però, le vedo andare calme al largo, con le vele gonfie, colorite come tulipani: vanno laggiù, dove il mare e il cielo si confondono in uno stesso vapore violaceo, mentre a riva le onde si portano via il vento, giocando con esso come i delfini fra loro.

Quando mi volsi per tornare indietro, il respiro mi mancò davvero. Ho ancora l'impressione che un muro si alzasse davanti a me, troncandomi il passo: una figura nera vi stava attaccata, sinistra come un pipistrello, pietosa come un Cristo senza croce. Era Gabriele.

Si levò il cappello, che teneva fermo con le mani e mi salutò: i suoi occhi sorridevano, un poco ironici, e adesso lo riconobbi davvero, ma con una nuova strana impressione.

Mi pareva che egli fosse ancora l'antico Gabriele, il giovane, il mutabile e affascinante Gabriele, e che si fosse camuffato così, come un tempo usava, da moribondo errante, per farmi paura.

Mi tornarono in mente i racconti del padre: mi parve di essere ancora seduta alla nostra tavola, sotto la lampada di cristallo: Gabriele era la figura evocata dal vecchio notaio, la figura che ancora io non avevo incontrato, ma che già dallo sfondo irreale della fantasia esercitava su di me un potere fatale.

Ed ecco che egli si avvicina, spinto anche lui dal vento della fatalità: mi guarda fisso negli occhi, e ancora una volta gli occhi parlano per conto loro, mentre le labbra si rifiutano a pronunziare le parole della verità. Egli, infatti, che mi ha benissimo riconosciuto fin dal primo incontro, domanda, con accento che vuol essere semplicemente cortese ed è invece quasi tragico:

«Signora, mi permette di chiederle se veramente lei è la signorina che io ebbi il piacere di conoscere otto anni or sono, nella sua casa paterna?».

Il suono sordo ma cordiale della sua voce rompe l'ostacolo misterioso e pauroso che nei nostri recenti incontri ci separava: io ritrovo di un colpo tutta la mia sicurezza e tendo la mano allo spauracchio.

«Anche a me pareva di riconoscerla, signor Gabriele. Come mai lei si trova qui?»

«E lei, come mai si trova qui?»

Io mi metto a ridere.

«Già, le stravaganze della vita!»

Ma la mia letizia offusca subito i suoi occhi: la sua bocca si contrae ad un sorriso più triste di un grido di dolore, e anch'io ricado nell'impressione che tutto sia un brutto sogno.

«Si è sposata da molto?», egli riprende senza cambiar tono di voce.

«Da quindici giorni appena.»

«È contenta del suo matrimonio?»

«Sì, felicissima. Mio marito è tanto buono e gentile.»

«Ed è anche un bel giovane, Sì, ha fatto bene a sposarsi. Certamente lascerà il suo paese per una città.»

«Per qualche tempo no, cioè fino a quando non avverrà il trasferimento di mio marito. Ma io sto volentieri nel mio paese, nella mia casa.»

Di nuovo gli si rischiarò il viso, come per un riflesso luminoso.

«La ricordo sempre, la sua casa: ricordo la camera dove lei, quando la serva mi fece entrare senza chiedere permesso, leggeva I Martiri di Chateaubriand, davanti al meraviglioso scrittoio antico. Ricordo la lampada della stanza da pranzo, la figura francescana della sua mamma, e i suoi fratellini che mi saltavano addosso come cagnolini scherzosi. Tutto ricordo. E lei?»

Egli si era fatto severo: la breve pausa fra le sue ultime parole aveva un tono d'inquisizione: come se la colpevole del nostro distacco dopo quella sera indimenticabile fossi stata io!

Ed io arrossivo, infatti: ma sentivo il vento spazzarmi il viso, e speravo che egli non si accorgesse del mio turbamento. Avrei voluto dirgli che anch'io ricordavo tutto, e difendermi, e domandargli il perché del suo lungo silenzio; ma avevo paura.

Paura di che? Di far male, o di fargli male? Oramai non doveva esserci più posto per altre sofferenze, nella vita di lui; e io sentivo che lo avrei fatto soffrire, raccontandogli il mio amore e la mia vana attesa di lui. Eppure avevo voglia di vendicarmi; e in fondo sapevo che il miglior modo era appunto quello di nascondergli il mio passato. Anzi, l'istinto della malvagità mi portò d'un tratto, con una violenza insana come quella del vento che ci turbinava attorno, fino al punto di chiedergli con finta sorpresa:

«Come fa a ricordarsi tutti questi particolari? Che buona memoria ha, lei!».

Allora anche lui si fece cattivo, e parlando mi mostrò i denti gialli che già sapevano il sapore della morte.

«Che vuole? Quando si è malati si ricordano i giorni di salute. Anche lei un giorno se ne accorgerà: non si è sempre in luna di miele.»

Offesa, colpita, col desiderio di esclamare, facendo cenni di scongiuro: "Crepi l'astrologo!", mi irrigidii, anche per un senso di superstizione, come quando s'incontra una donna gobba: poi dissi perfidamente:

«È vero, pur troppo. Ma lei non è poi tanto malato, o si cura poco della sua malattia se va in giro con questo tempo».

Egli cominciò a tossire. Lo fece apposta? O, più che il tempo, la mia cattiveria stuzzicò il suo male? Quell'istinto di paura che la sua sola vicinanza mi destava, si fece quasi terrore: terrore di essere raggiunta anch'io dal suo male, o che egli, per vendicarsi, potesse farmi del male ancora peggiore. Avevo letto che i malati del suo genere sono cattivi, e, nell'ultimo stadio della loro infermità, possono diventare delinquenti.

Ma di che cosa Gabriele poteva accusarmi, se non della mia felicità presente? Non era stato lui ad apparire e sparire nella mia vita come una meteora sfolgorante, o meglio come una cometa che aveva avvelenato l'atmosfera della mia fanciullezza?

Quando però egli si tolse di bocca il fazzoletto col quale cercava di soffocare la tosse, e dentro vi chiuse una macchia di sangue, il mio turbamento e i miei cattivi pensieri si mutarono in una pietà ardente e angosciosa.

«Gabriele», dissi, tendendogli la mano, «le chiedo scusa. Lei però fa male davvero, a starsene fuori con questo ventaccio. E come mai, poi, ha scelto questo paese per suo soggiorno?»

Egli fece un gesto con la mano che stringeva il fazzoletto: non toccava, anzi pareva respingere la mia. Non parlava, forse per non riprendere a tossire; ma il gesto diceva: "Questo o un altro paese, è lo stesso, oramai, per me. E poi, chi sa nulla del nostro destino?".

«Gabriele non creda, che io mi sia davvero dimenticata di lei. Ho aspettato i suoi libri, si ricorda? Ho aspettato che lei tornasse. Venne invece il suo babbo, e poi seppi che lei era sempre all'estero, fortunato e celebre. Con la mia mamma si parlava sempre di lei. Mai avrei creduto di incontrarla qui, in queste circostanze. Ma voglio sperare che ella si rimetta: glielo auguro di tutto cuore.»

Egli abbassò la testa, come un fanciullo umiliato, e pareva aspettasse che io continuassi a parlare, e che dicessi di più. Io non potevo dire di più.

Allora riprese lui, senza più guardarmi in viso.

«Ricorda i miei giochi? Ho fatto sparire la salvietta...»

«Oh, questo lo ricordo bene! Che rabbia, quando tiravo fuori il servizio mutilato. Perché, sa, la salvietta non si trovò più.»

Mi pentii subito di aver detto queste parole, e a ragione; perché egli rispose:

«Lo so bene. L'avevo portata via io».

«Lei?»

Egli scosse la testa indietro, come volesse respingere il vento che lo stroncava, e ritrovare la forza di un tempo: e quando tornò a fissarmi negli occhi rividi davvero in lui l'ospite di quella lontana notte di autunno.

«Sì, io. E lei lo sa benissimo, come sa tante altre cose. Ma bisogna che noi c'incontriamo ancora, e che io le dica quello che lei ancora non sa. Sono venuto qui per questo, oggi, per chiederle un colloquio. Oh, non abbia paura» affermò, col suo sinistro eppure rassegnato sorriso, «sarà il colloquio con un morto.»

Che dovevo rispondergli?

«Ella dirà: ai morti non importa più nulla dei vivi. Chi lo può sapere? C'è una parte di noi che non muore, o che almeno vive o s'illude di vivere finché ci dura il respiro. Lei lo sa, del resto: lei sa tante cose.»

Questo suo ritornello mi ricordava il lamento del suo violino. Era vero: sapevo tante cose, sapevo tutto ma che cosa potevo oramai fare per lui? Eravamo forse sempre allo stesso punto: l'incontro dello spirito con la materia; solo che le parti si erano invertite, e se adesso in lui parlava l'anelito dell'anima che non voleva andarsene via dal mondo solitaria e sconsolata, in me sopravincevano le ragioni più gagliarde della vita.

Il pensiero di mio marito non mi abbandonava un istante: mi pareva di tradirlo solo col dare ascolto al suono della voce di Gabriele; e nello stesso tempo lo sentivo ridere alle mie spalle, beffandosi di me.

L'infelice riprese:

«Venga qui un giorno che è sola; io la vedrò, poiché vedo tutti i suoi passi. Ma non scelga un giorno di vento» concluse, quasi scherzando; «anzi, faccia una cosa anche lei: non esca di casa, quando c'è questo demonio divoratore in giro».

Tornò a salutarmi e s'avviò per andarsene: io lo seguii per alcuni passi, poi mi allontanai di traverso, col vento che beveva le lagrime dei miei occhi.

Fu davvero una specie di tifone, quello che per tre giorni imperversò intorno a noi. Solo alla notte si placava, come stanco del suo furore insensato; ma poi riprendeva con più forza la sua opera disperata. E pareva che piangesse, il vento angoscioso, ululando un suo dolore terribile; e che avesse una follìa di vendetta contro le cose che tentava distruggere e che invero distruggeva. Anche dal nostro tetto volavano via gli embrici: due alberi si stroncarono.

La sera del primo giorno mio marito tentò ancora di andare in paese per comprare i giornali, ma tornò indietro mortificato: non si poteva camminare. Per fortuna, nella sua prima gita, era riuscito ad avere alcuni libri, e io non smettevo di leggere, quasi nascondendomi fra le pagine per nascondere il mio pensiero. Il mio pensiero continuo era questo: "Perché non dico a mio marito che Gabriele mi ha fermato e vuole un colloquio da me? Che ha da comunicarmi, quel disgraziato, che io già non sappia? Lui stesso lo ha detto".

La mia pena non era per lui, certamente: in fondo egli continuava a destarmi un po' di paura e molta ripugnanza: la mia pena era per me, che non riuscivo a liberarmi dalla sua ombra, e ritrovavo qualche cosa di torbido nel mio istinto di silenzio e di inganno verso la sola persona che realmente, dopo la mia mamma, mi voleva bene.

Mi sentivo spinta da una fatalità simile a quella che spingeva i personaggi del libro che leggevo; ed era sempre il fondo romantico del mio temperamento, quello che agiva, lo sapevo benissimo; ma tentavo di spiegarlo con ragioni mistiche.

"Qui c'è un uomo che deve morire fra poco, e sa di morire. È già un'anima sospesa sull'abisso del tutto, o del nulla. Quello che Gabriele ha da dirmi lo aiuterà forse a morire in pace: forse anche salverà l'anima sua, che invece di precipitare nel vuoto si solleverà fino a Dio. Io non devo negargli questo conforto. Forse egli si confesserà con me: mi dirà i suoi peccati, gli errori della sua giovinezza, il mistero che gli ha impedito di tornare a me. Io gli dirò che ho perdonato, come infatti ho già perdonato: sarà la sua assoluzione. Ma perché non posso farlo se non in segreto?".

Così mi domandavo: e la coscienza mi rispondeva:

"Appunto perché si tratta di un'opera di religione, che trascende la vicenda umana".

Eppure non ero contenta di me.

Intanto avevo davanti a me tempo per decidermi. La mattina del terzo giorno venne la Marisa, tutta scarmigliata e sconvolta, dicendo che il vento aveva mezzo fracassata la loro abitazione, asportandone una parte del tetto.

«È l'inferno, con tutti i diavoli scatenati: non si è mai visto un tempo eguale, di questa stagione.»

«È perché mia moglie è uscita di casa sua», affermò mio marito. «Il tempo stesso ne è sbalordito.»

Poi, fra le altre notizie, la donna disse che anche il villino del Fanti, il cieco di guerra, esposto al vento, era stato danneggiato, e che l'inquilino, vinto da una crisi del suo male, forse dovuta al tempo, s'era messo a letto.

«La signora Fanti è molto inquieta: capirà, non è conveniente tenere in una pensione che fra poco sarà frequentata dai villeggianti, un malato di quel genere. A meno che non muoia subito.»

«Di solito i malati di polmoni muoiono in autunno», osservò mio marito. «A meno che il tempo non continui così.»

Egli parlava in questo modo per farmi stizzire: io però pensavo che con l'aggravarsi di Gabriele, Dio forse segnava una risoluzione al mio dramma. Domandai a Marisa:

«Ma quel malato non ha parenti? E, se li ha, sono stati avvertiti?».

«Pare che non ne abbia, o che non voglia farlo sapere.»

«Se si aggrava di più voglio andare a visitarlo», dissi allora, sottovoce, come parlando a me stessa.

E subito il cuore generoso della donna mi approvò:

«Sarebbe un'opera di carità. Anche la Regina va a visitare i malati».

Mio marito non disse nulla. Ed io mi sentivo sollevata e felice al pensiero della prossima fine di Gabriele.

Finalmente, verso sera, il vento cessò: ma la terra ne rimaneva ancora stordita, e il cielo si tingeva di un color verde invernale: non ricordo un crepuscolo più triste di quello.

Mentre mio marito andava in paese per la solita ricerca dei giornali, io mi avventurai nei dintorni della nostra casa.

Il terreno era sparso di rami stroncati, di foglie, di pezzi di carta sudicia; e un silenzio quasi pauroso seguiva al fracasso di prima. Anche il mare, sbiadito e freddo, sonnecchiava; e gli alberi, succhiati dal vento, pareva non dovessero mai più scuotersi per la loro stanchezza.

Come la farfalla attirata dal lume, io andavo verso la casa del cieco di guerra; ed essa, invero, rossa arancione fra il grigiore delle tamerici, era la sola nota colorita dei dintorni.

D'altronde era vicinissima alla nostra, un poco più giù verso il mare, separata solo dalle siepi e dagli alberi: ma per arrivarci bisognava appunto fare il giro delle siepi di cinta e penetrare nello spazio che la circondava. Io non volevo andare tanto oltre, e mi contentai di guardarla dalla siepe. Era una villetta modesta, con una loggia d'angolo e due orribili leoni di gesso adagiati uno per parte degli scalini davanti alla porta d'ingresso: ma d'un tratto prese per me una parvenza fantastica perché una finestra venne socchiusa e il suono del violino di Gabriele tremolò nell'aria incantata; sempre con gli stessi accordi, quasi di un fanciullo che comincia a studiare eppure ha già pretese di saperne molto. Era però il suono stesso dello strumento, che mi rammolliva il cuore, riportandomi ancora alla notte indimenticabile passata nella nostra casa dall'ospite stravagante.

Invano cercavo di scuotermi, e di rallegrarmi al pensiero che dunque, se suonava il violino, Gabriele non stava tanto male: sentivo una nenia di morte, in quelle vibrazioni che arrivavano come tentacoli fino a me; e che ancora una volta egli mi parlava così come poteva, con un balbettio delirante, per dirmi l'inesprimibile.

E la mia idea fissa non mi abbandonava.

"Egli muore disperato: e mi chiama per consegnarmi l'anima sua. Bisogna che io vada."

Prima però corsi giù dalla parte opposta, verso l'abitazione di Marisa, col proposito di pregare la donna che ritornasse su, nella nostra casetta, per avvertire mio marito che andavo a visitare il malato.

Marisa non c'era: solo il pescatore, arrampicato come uno scimmione sul tetto devastato, vi rimetteva in ordine le assi e gli embrici sconvolti.

Mi fermai incuriosita a guardarlo: aveva davvero un aspetto primordiale, con la barba rossa ispida, il naso corto e gli occhi del colore di quel cielo triste sul cui sfondo egli si moveva.

Accorgendosi di me si sporse sull'orlo del tetto e mi disse, con una voce petrosa ma risonante:

«Cerca la Marisa? Non c'è. Vattelapesca dove è andata quella vagabonda: è sempre in giro».

Io lo sapevo, che egli avrebbe parlato male di lei, come lei parlava male di lui; e in un altro momento mi sarei divertita a stuzzicarlo; ma adesso mi sentivo troppo triste per farlo. Egli credette bene di spiegare il perché stava a lavorare a quell'ora:

«Questa notte pioverà: e allora faremo il bagno a letto».

«Pioverà?», dico io, guardando il cielo.

«Pioverà: poi ricomincerà il vento.»

«Gesù. Maria! Allora bisogna proprio scappare.»

Egli sembrava tutto contento del mio terrore: ma di una contentezza di bambino cattivo.

«Sicuro», disse, sollevandosi di nuovo, con un embrice in mano: «da questo paese o si scappa, o chi ci rimane muore. Dopo una lunga vita, s'intende», aggiunse, per rassicurarmi.

Io tornai su, rassegnata, convinta anzi che, per quella sera, Dio non mi permetteva di avvicinarmi a Gabriele: la finestra di lui era ancora aperta, il suono non si sentiva più: ma mi pareva che nell'aria e nelle cose che si oscuravano si spandesse la desolazione mortale di lui.

Andai incontro a mio marito, e mi attaccai al suo braccio con una tenerezza puerile: una volontà superiore alla mia mi spingeva a confidarmi in qualche modo con lui, a chiedergli, senza parerlo, aiuto e consiglio.

«Sono andata giù fino alla spiaggia», dico sottovoce, «ed ho veduto il marito di Marisa, che accomodava il tetto, perché assicura che questa notte pioverà e poi, Dio ci scampi, ricomincerà il vento; poi ho sentito il malato suonare il violino: mi sono commossa e volevo andare a visitarlo.»

«Ma è proprio una fissazione la tua, per quel disgraziato», egli risponde, sbattendomi lievemente i giornali sul braccio. «Se ci si dovesse commuovere per tutti gli infelici del mondo non si respirerebbe più.»

«Ma questo è a due passi da noi: e noi siamo felici, mentre egli muore».

«Se suona il violino non muore.»

«Muore, muore. Ed è solo al mondo.»

«E che ne sai, tu?»

«La sua padrona di casa lo ha detto alla Marisa.»

«E allora gli faccia compagnia la sua padrona di casa.»

«Tu sei cattivo, sai; cattivo ed egoista.»

«Sta a vedere che ti innamori di quello spauracchio. Eppure il tempo in cui i malati di quel genere andavano di moda è da molto passato.»

«Non credo che quei malati abbiano mai destato altra passione che la pietà, appunto perché il male li colpisce nel fiore della vita.»

Mio marito, però, come al solito, aveva voglia di scherzare.

«Dalla pietà all'amore è un sol passo.»

«Ma va!», gli dissi, respingendolo sul serio. «Se mai è troppo presto, per tradirti.»

«Eh, non si sa mai nulla di preciso, con voi donne...»

Le sue parole mi facevano male: avrei voluto che egli intendesse lo scopo religioso del mio proposito: ma non riuscivo a spiegarglielo.

Egli però doveva sentire il fluido misterioso che avvolgeva e trasportava l'anima mia, perché d'un tratto disse:

«Già, nella tua famiglia c'è un santo: quel vescovo che, mi pare, è morto assistendo i colerosi».

Allora anche a me tornò in mente la mia adolescenza mistica, e intesi meglio il perché del mio trasporto per Gabriele malato e condannato a morte.

«Spero non vorrai pigliarlo in burletta, quel nostro santo. È stato santo davvero: al culmine della sua sapienza, e anche della sua carriera ecclesiastica, voleva partire missionario, per curare i lebbrosi. Non glielo permisero, ed egli obbedì. Forse davvero rivive in me qualche cosa della sua fiamma.»

Mio marito sporse il viso verso il mio, per guardarmi bene negli occhi.

«Oh, piccolina, speriamo che pure tu, a tua volta, non parli troppo sul serio. C'è oramai la Croce Rossa, che s'incarica degli infermi: noi adesso abbiamo altro da fare.»

E tentò di baciarmi, mentre io lo respingevo ancora, perché in verità, quella sera, mi sentivo un poco santa.

Ad ogni modo, adesso che avevo espresso il mio desiderio, anzi la decisione di andare, non di nascosto, da Gabriele, sentivo una grande gioia triste entro di me. Mi accorsi però subito che mio marito, certo suo malgrado, provava a sua volta un senso di gelosia: era una gelosia istintiva, come la sentono anche i bambini, anche certi animali domestici, quando si vedono un po' traditi, o trascurati; ed egli cercava di nascondermela, senza riuscirvi del tutto. Non mi lasciava più un minuto sola, e la sera stessa parlò di andar via, dal nostro rifugio, anzi dal luogo stesso, tanto più se il vento doveva ricominciare.

Ma un avvenimento inatteso ci fermò sul posto più di quanto si credeva. Era stato in quei giorni sciolto il Consiglio comunale del paese, e mio marito, senza che egli ne avesse fatto domanda, forse per suggerimento di qualche suo estimatore, fu nominato Commissario prefettizio. Si discusse a lungo, fra noi, se accettare o no. La nomina era indubbiamente onorifica, e avrebbe giovato alla carriera di mio marito: inoltre era accompagnata da una discreta indennità che ci poteva permettere una villeggiatura gratis.

Un'ombra però offuscava la piccola fortuna: quell'ombra.

D'improvviso io mi sento un'altra: ho per la prima volta la coscienza precisa e profonda del mio dovere di donna e di moglie; fisso dunque gli occhi limpidi in quelli del mio compagno e gli dico:

«Io, per me, sarei del parere di restare. Ti daranno certo un alloggio in paese: lì ci metteremo tranquilli e io comincerò a fare sul serio la moglie e la padrona di casa. Di passeggiate ne abbiamo fatte abbastanza, e io voglio cambiare vita».

Egli m'interrompe: ha già capito tutto.

«Non pigliamo le cose alla tragica: e se io accetto l'incarico, lo accetto appunto col proposito di continuare questa vita. Non è abbastanza bella?»

Mi prese sotto braccio e mi condusse fuori, a passeggio, ma, osservai, evitando i luoghi dove si sarebbe potuto incontrare lo spauracchio. Si andò a comprare alcuni oggetti nel bazar del paese, poiché, dovendosi prolungare il nostro soggiorno nella casetta, io già desideravo abbellirla e fornirla di tante piccole cose necessarie.

Una tendina, un tappeto, un ricamo colorito, sopra un mobile, un vasetto di ceramica, sono spesso, nella casa, come i fiori in un giardino. E anche le cose di cucina mi piacevano un po' infantilmente: il frullino per la maionese, con la sua forma complicata di mulino, i piccoli tegami di smalto, lucidi come specchietti da toeletta; la caffettiera che va bene da una parte e dall'altra, le forbici per il pesce, e infine le tazze con le coppie di pavoni iridati che non smettono mai di fare all'amore.

La padrona baffuta del bazar ci serviva di persona, lusingata dell'onore che le toccava, ma già ferma nel proposito di farci pagare tutto il doppio. In cambio mi fece dono di un rotolo di fettuccia, del quale non sapevo invero che farmene, che tuttavia presi con segni di riconoscenza.

Intanto il bazar si affollava di donne curiose. La voce che mio marito doveva diventare il capo del paese, s'era già diffusa nella popolazione, e tutti ci guardavano con rispetto e speranza, quasi che il nuovo Commissario prefettizio dovesse compiere il miracolo di pagare i debiti del Comune e togliere le tasse ai ricchi e ai poveri.

Quando si tornò nella piazza, il signor Nele, il vecchio giovane della farmacia, uscì nella strada col suo candido costume, per meglio salutarci, con un inchino fino a terra, quasi noi si fosse una coppia regale.

Più giù s'incontrò l'arciprete gigantesco, con le nappine rosse sul cappello, accompagnato da un codazzo di preti e pretini contadineschi: e tutti, mentre prima non badavano a noi, ci salutarono con deferenza: anche i contadini che lavoravano dietro le siepi, si sollevavano, con gli occhi azzurri sorridenti rivolti a noi; e infine Marisa ci disse che persino il suo irriducibile marito approvava la nomina di un galantuomo a capo del governo del paese, e che gli stessi membri del Consiglio comunale disciolto, avevano intenzione di offrirci un banchetto, a loro spese, s'intende.

Con tutti questi diversivi, la nostra vita dovette cambiare per forza. Mio marito andava tutti i giorni alla casa del Comune, e vi lavorava lunghe ore, poiché gli affari vi erano in realtà imbrogliatissimi.

Io restavo in casa, poiché ancora non avevo e non desideravo conoscenze; e non uscivo mai sola, per evitare l'incontro con Gabriele. Lavoravo con Marisa, imparando a cucinare: fu lei che mi fece conoscere le varie qualità del pesce, e il modo di cuocerlo. Il marito di lei lo pescava apposta per me, poiché, sebbene egli non si degnasse mai di venirci a trovare, al dire della moglie aveva una vera devozione per i giovani sposi.

«Toh, mi pare che sia innamorato di lei. Dalla sera che le ha parlato di sul tetto, non fa altro che ricordare quel colloquio, e pentirsi di averla spaventata col dire che tornava il turbine. Oggi le manda queste triglie: guardi, sembrano angioletti nudi.»

E dal cestino che pareva intessuto di alghe, sollevava una per una le grasse triglie che parevano davvero di tenera carne fresca e rosea.

Era lei, poi, che mi portava, senza che io gliele chiedessi, notizie di Gabriele.

«La signora Fanti è molto preoccupata, e lo vorrebbe mandar via; il marito, però, non vuole. È un santo, lui, il povero cieco. Tiene compagnia al malato, e gli parla sempre di Dio. E lei, signorina, non va più a trovarlo?»

«Ma, veramente, ho cambiato intenzione. Che ci vado a fare?»

«Così, per opera di carità. C'è scritto anche nei comandamenti: visitare gli infermi.»

E insisteva nel raccontarmi che il malato non voleva più né medici né medicine, perché sapeva di essere spacciato; che non dormiva quasi mai; che non parlava se non per rispondere qualche parola al suo pietoso padrone di casa; ed era così mite e rassegnato alla sua sorte che anche la signora Fanti non solo non osava mandarlo via, ma lo curava e lo trattava come un fratello.

«Sono davvero buona gente, marito e moglie, e Dio li compenserà: forse il malato stesso lascerà loro qualche cosa. Ma chi può sapere se è ricco?»

«Non credo», dico io, imprudentemente: e arrossisco, invano cercando di ritirare le mie parole. «Almeno non ne ha l'apparenza.»

Ma la donna, intelligente e maliziosa, aveva già anche lei fiutato l'odore di mistero del mio interessamento per Gabriele: mi sbirciò, quindi, senza replicare, e, solo, nell'andarsene mi domandò se non avevo paura a stare nella casetta senza la compagnia di mio marito.

«Perché? Chi ci può venire?»

«Nessuno, è vero. E poi devo dirle una cosa che la farà ridere. Mio marito le fa la guardia. Ogni tanto fa qui un giro, alla larga.»

«Ma perché? Che pericolo c'è? Tu mi metti paura.»

«Niente, niente, facevo per scherzare: e poi, dacché suo marito è al Comune, le vere guardie sono sempre qui attorno.»

Era vero; e quindi non ci feci più caso. Eppure, sì, qualche giorno dopo, due personaggi quasi fantastici salirono dal viottolo, attraversarono lo spiazzo, e si avvicinarono alla nostra casetta.

Erano Gabriele e il cieco. Questo, io non lo conoscevo, non l'avevo mai veduto, ma facilmente lo riconobbi dal suo modo di camminare, appoggiandosi al bastone, col quale prima tastava il terreno; e dai grandi occhiali neri che gli nascondevano gli occhi vuoti. Era del resto un bel giovane, un po' tarchiato, colorito e pieno in viso, e dall'aspetto sereno e quasi ilare che contrastava con quello del suo funebre compagno.

Io stavo alla finestra, e il mio primo istinto fu quello di ritirarmi, di nascondermi; Gabriele però mi aveva già veduto e mi accorsi che anche il suo viso si rischiarava, quasi che la mia presenza gli infondesse un senso di gioia, di vita.

Entrambi mi fecero un segno di rispettoso saluto e svoltarono lungo la siepe, verso la strada maestra. Nulla di più semplice: io tuttavia ne rimasi turbata. Sentivo che Gabriele, appena rimessosi dalla sua ultima crisi, era uscito per vedermi; e poiché doveva sapere che io non uscivo più sola di casa, aveva trascinato il cieco fino a passare sotto la mia finestra.

Verso sera tornò mio marito, e fregandosi le mani, con quell'aria furbesca di quando voleva farmi una burla o una sorpresa, annunziò grandi novità.

«Hai scovato un tesoro, da pagare i debiti del Comune?»

«Di meglio, di meglio.»

Sapendo già che la cosa sarebbe andata per le lunghe, finsi di non interessarmene oltre; finché, quando si fu seduti a tavola, egli confermò la notizia, già del resto annunziata da Marisa, di un grande banchetto che le autorità e i notabili del luogo, e anche persone del popolo, volevano offrire a lui e a me.

«Anche a me? Che c'entro?»

«Tu, qui, rappresenti la signora prefettessa: bisogna quindi accettare l'invito.»

«Accetteremo.»

L'invito era per il sabato sera, nelle sale da pranzo di un albergo sul lido, ancora vuoto di villeggianti. Marisa adesso, dimenticati il marito, i gemelli, il malato, non parlava che di questo banchetto, tutta eccitata e orgogliosa di essere stata lei a preannunziarlo, e forse anche a suggerirne la prima idea.

Preparativi grandi si facevano: doveva essere uno di quei classici banchetti della regione: regione famosa per i suoi formidabili e buongustai mangiatori. Si conosceva già la lista dei piatti, e mi veniva male allo stomaco solo a pensarci. Ma la vita porta le sue soddisfazioni e le sue penitenze tutte assieme: bisogna scansarle o accettarle.

«Tutti ci andranno, quelli che potranno pagare, s'intende», disse Marisa, scalmanata e affannata come se i preparativi del banchetto pesassero su lei. «Ci andrà persino il povero signor Fanti, che è poi cognato dell'albergatore, perché le mogli sono sorelle. E la signora Fanti aiuta a preparare bene le cose.»

Per burlarmi di lei, io ribatto:

«Mi piacerebbe ci venisse anche tuo marito».

E lei spalanca gli occhi, ride, si fa seria.

«Lui non ce lo vogliono: sarebbe cosa troppo scandalosa. E lui, poi, non ci verrebbe davvero.»

«Speriamo, almeno, non venga a buttarmi una bomba...»

«Oh, se accadranno disastri saranno di altro genere, e alla fine del banchetto. Vedrà», ella annunziò con malizia. «Intanto ci saranno cinquanta fiaschi di vino da pasto, trenta bottiglie di vino vecchio, venti di spumante. Intanto ci saranno cento polli, mezzo quintale di pesce, una vitellina da latte, cinque zuppe inglesi. Intanto...»

Intanto, la sera del mercoledì, dopo una giornata precocemente calda, il cielo si coprì del suo minaccioso mantello, che non era di nuvole ma di vapori quasi vulcanici, a strati rossi e color malva, che scaturivano da un lago di fuoco all'orizzonte. Anche il mare partecipava al malumore del tempo, rifrangendo con esasperazione i colori del cielo. Come quadro era piacevole, specialmente quando la luna piena si alzò dalle spume sanguigne del mare, con un placido viso di Venere grassa, e per un momento parve placare il cielo, ben presto però velata e ingoiata anch'essa dai vapori sempre più cupi e densi.

Fu una notte già estiva, calda, senza respiro: finché all'alba tornò il nemico. Come al solito, venne lieve, quasi a tradimento; ma una volta preso possesso del luogo ricominciò la sua opera vandalica.

Per fortuna adesso mio marito aveva a sua disposizione l'automobile modesta ma sempre buona del Comune: io restai a casa, ben chiuse porte e finestre, in compagnia della Marisa, divertendomi a predire che il tempo faceva così per dispetto ai promotori del banchetto.

Certo che, per tre giorni, le notizie di questo arrivarono affievolite, mentre Marisa, non potendo neppure per un minuto tener ferma la lingua in bocca, riprendeva a parlare di suo marito, o dei gemelli, o di Gabriele.

«Quel disgraziato s'è rimesso a letto. Ma perché non se ne va, da questo paese? Non è luogo adatto per lui, questo. Ci vorrebbe qualche persona pietosa che gli consigliasse di andarsene.»

«E perché non glielo consiglia il suo stesso padrone di casa?»

«Eh, no: parrebbe volerlo cacciar via. E il signor Fanti è troppo buono per osare tanto. Piuttosto...»

Esitò un momento, poi disse quello che già mi era balenato nel pensiero.

«Perché non glielo consiglia lei?»

Io volevo protestare, ripetere che non conoscevo Gabriele: non lo feci, non solo, ma come vinta da una suggestione che non sapevo donde scaturisse, promisi ancora una volta di andare a visitare il malato.

«Quando?»

«Non lo so, quando capita; quando ne ho voglia.»

«Sì, brava, signorina. E lo consigli di andarsene, in luogo dove possa guarire.»

«Sì, nell'altro mondo!»

«Farà opera di bene, anche per i Fanti, che sono poveri e vivono solo dei proventi della pensione: la quale dovrebbe aprirsi a giorni, e dove nessuno vorrà andare, se il malato ci rimane.»

«Lo sappiamo. Va bene, ma adesso basta», rompo io, infastidita.

Non m'importava niente dei signori Fanti: anzi dubitavo fosse la moglie del cieco a suggerire alla Marisa tutti quei discorsi, per indurmi a persuadere Gabriele ad andarsene; la signora Fanti, che qualche cosa doveva sapere, forse per confidenze dello stesso malato: ma sentivo che era lui, a chiamarmi, a chiedermi quel colloquio dal quale l'anima sua avrebbe tratto l'estrema forza per partirsene tranquilla da questo al paese dove il vento della vita tace in eterno.

E così sia.

Da quel momento mi parve che un suono d'organo accompagnasse i miei pensieri: marcia funebre, certo, ma nella quale risonavano note grandiose di speranza, di fede, di ritorno a Dio.

Il sabato mattina il vento cessò, d'improvviso, come era venuto, e i fiori, i fili d'erba, le cose tutte si sollevarono dal loro martirio.

Il mare si stese latteo e buono come un bambino che si addormenta: e le vele colorate sospese sul velo dell'orizzonte erano i suoi sogni innocenti.

Mentre Marisa accudiva alle faccende e riprendeva a parlare del banchetto, io misi la mia paglia di Firenze col bel nastro infantile, e me ne andai a girovagare nei dintorni. Un uccellino giallognolo, col becco e le zampine ancora molli, venne giù da un nido: lo presi, lo tenni palpitante fra le mani, col desiderio di portarmelo a casa, anche per salvarlo da qualche gatto. Ma no, uccellino, devi imparare a salvarti da te, con la volontà di Dio. Lo misi sulla siepe: vi si dondolò un momento, incerto e spaurito: poi diede un piccolo trillo e volò su, raggiungendo il nido.

Con gioia proseguo la passeggiata: vado per una strada alberata, chiusa da fossi dove l'acqua verde è ricamata di foglie strappate dal vento: sui margini crescono fiorellini di ogni colore, che mi ricordano quelli del nostro podere e tutta l'infanzia e l'adolescenza fresche e selvatiche simili ad essi. Ho voglia di coglierne un mazzo, e portarmelo a casa: eppure non oso stroncare uno stelo, perché mi pare che i fiori debbano soffrirne.

Tutto oggi ha diritto a vivere, intorno a me, poiché viva sono pur io, e felice e piena di gioia come non lo sono mai stata. E come tutto è davvero colmo di gioia intorno a me, nell'aria trasparente e senza temperatura, nel silenzio solo attraversato, a intervalli precisi, da una lunga nota flautata, un gorgheggio più sostenuto e appassionato di quello dell'usignolo. Mi torna in mente l'accordo del violino di Gabriele, ma questo che adesso pare sgorghi dall'acqua e ne rifletta il tremolìo verde, è un suono più spasimante e reciso; e vuole, sì, l'indefinibile, ma concretato nella felicità concessa da Dio a ogni creatura terrena. È il rospo, che chiede amore alla sua compagna.

Nel ritornare indietro passai davanti alla casa di Marisa, come al solito aperta e deserta: poi, continuando per la mia strada, mi volsi a guardare il villino dei Fanti. La finestra di Gabriele era socchiusa; socchiusa la porta d'ingresso vigilata dai leoni di gesso, più orribili dei leoni veri.

"Perché", mi domandai "non vado subito a visitarlo?"

E lo avrei fatto, se sulla balaustrata della loggetta d'angolo, attigua alla camera di lui, non avessi veduto stese coperte e lenzuola: probabilmente la padrona di casa, o la cameriera, rifacevano il letto del sofferente, e quindi non era quella l'ora opportuna per la mia visita. D'altra parte ricordavo il desiderio di lui, che dividevo anch'io, di parlarci da soli, sebbene nulla di men che innocente si avesse da dire. Col pensiero di andare a trovarlo in un momento di assenza dei padroni di casa, proseguo dunque la strada, ma non ho voglia di tornare al nostro rifugio: ho bisogno di aria e di spazio, oggi, e vado lungo il sentiero erboso che striscia fra l'arenile e i giardinetti dei villini di prima linea. Arrivo così fino all'Albergo del Lido, luogo della festa imminente: sulle terrazze e nelle verande che guardano il mare, non si vede nessuno; e neppur sento i prodromi dei grandi preparativi dei quali parla Marisa: però le tende arancione che si gonfiano come vele e danno un riflesso caldo alle colonne candide della grande terrazza, e la stessa letizia del luogo, mi offrono un saluto di promessa, un arrivederci festoso.

Continuando, oltrepassato lo stabilimento balneare ancora tutto sottosopra come una nave in costruzione, arrivai alla palizzata del molo. Mare da una parte e dall'altra, fino alla piattaforma di assi, dove giocavano alcuni ragazzi che al mio arrivo, conoscendomi già per un personaggio importante, se la svignarono come sorci, nascondendosi fra i macigni che sostengono la palizzata.

Di nuovo sola, sedetti sul parapetto della piattaforma: adesso vedevo davanti a me la distesa placida del mare, ornata, sul cerchio turchino dell'orizzonte, di paranze che sembravano azzurre: e mi pareva di essere anch'io a prua di un'imbarcazione primitiva.

"Ecco il posto dove vorrei parlare un'ultima volta con Gabriele"; confessai ingenuamente a me stessa, quando un fruscìo di passi, o meglio di un lieve bastone strisciato per terra, mi fece voltare la testa con la speranza che davvero il disgraziato mi avesse seguito e indovinasse il mio pensiero. Ma subito risi della mia non insolita allucinazione; poiché l'uomo che veniva a raggiungermi in quella serenità indicibile, fra mare e cielo, era il marito della nostra domestica.

Scalzo coi piedi che sembravano radici, i pantaloni rimboccati fino alle ginocchia, tutto rosso di pelo e di colore contro lo sfondo smeraldino del canale, egli si appoggiava con fierezza alla canna da pesca, aggrottando le sopracciglia sopra gli occhi, dei quali invano tentava di smorzare il sorriso.

Nonostante le prevenzioni che avevo sul suo conto, mi parve che quel giorno anche lui fosse un uomo felice: e lo salutai con un cenno benevolo del capo, quasi invitandolo a mettersi accanto a me. Egli intese, e si avvicinò, deferente ma intrepido: depose da un lato il cestino per la pesca, che pareva un grande nido, e tenne la canna in mano. Le sue sopracciglia barbariche si misero d'accordo con gli occhi; tutto si spianò in un sorriso marino. Osservai che egli, poiché si era raso la barba, aveva una piccola bocca ancora fresca e la fossetta sul mento: doveva essere stato un bell'uomo, e glielo dissi, cordialmente.

Come uno che, ricevendo un regalo inatteso, cerca subito, nella sua mente, il modo di ricambiarlo, l'uomo fissò gli occhi davanti a sé, nel vuoto, distaccandosi da tutto il resto; poi si riprese, e m'inondò d'azzurro il viso, col suo sguardo confidente. Aveva trovato. Disse, piano:

«La signorina, come la mia mogliastra la chiama, dovrebbe fare una cosa; girare alla larga dalla villa rossa».

Io rimasi colpita, quasi offesa. Che era? Anche lui sapeva della mia avventura? Tutti lo sapevano, dunque? Ma perché? Mi guizzò subito nella memoria, come una frustata, il ricordo del versetto biblico: "Non c'è nell'uomo cosa nascosta che non venga discoverta".

"Ma che c'è di colpevole nel mio segreto", mi domando ancora una volta; e d'impeto ho il desiderio di raccontare al pescatore le cose come stanno. Comincio col domandargli:

«Perché mi parlate così?».

Un po' con frasi dialettali, che ancora non capisco, un po' coi gesti delle mani crostacee, un po' con parole intelligibili, egli mi spiega:

«Perché la persona che sta in quella casa non è da avvicinarsi. Il suo male attacca col semplice alito, col solo stringersi la mano: il vento lo porta intorno, e bisogna starne lontani. E lei dirà: come va che i padroni di casa si tengono caro quell'inquilino? Io non m'impiccio nei fatti altrui, ma ho sentito dire che se il padrone è un bravo, un santo uomo, la moglie è una mezza arpìa, e forse spera che il malato, a quanto pare ricco, le lasci la roba. C'è poi questo: che il male in questione non si attacca alle persone più vecchie del malato, mentre acchiappa le più giovani».

Le sue dita si allargavano e si stringevano, uncinandosi come le branche dei gamberi: e io, al solito, ascoltandolo, davo un significato nascosto ai suoi gesti e alle sue parole. Osservai però, non senza malizia:

«Come va, allora, che vostra moglie mi consiglia sempre di andare a visitare il malato?».

Ecco l'uomo ridere, e nello stesso tempo accigliarsi di nuovo. Si batte l'indice sulla fronte e risponde:

«Il male di mia moglie è peggiore di quell'altro, e la signorina se ne sarà accorta: la mia Marisa è una scervellata».

«Ma no: è tanto buona.»

«Troppo buona, anzi: ma è nata senza cervello. La verità è la verità.»

Poi, con uno slancio di fiducia, mi confida che la fama di anarchico egli se l'era procurata perché un tempo diceva a tutti, in faccia, la verità.

«A tutti!», confermò, battendo la canna sul parapetto, col pericolo di farne volar via l'amo: poi si placò di nuovo. «Adesso però non parlo più con nessuno. Chi se ne importa?»

«Con me parlate ancora.»

«Con lei è un'altra cosa.»

Pausa. Egli tace, con la canna nel pugno, issata come uno scettro: sotto di noi, nell'acqua di smeraldo, ove pare galleggi una rete d'oro, i pesciolini giocano un loro gioco fantastico che rassomiglia a quello delle rondini nel crepuscolo glauco e dorato delle sere estive.

Come sono felici! Come tutto è felice, nella natura, mentre l'uomo solo si affanna nei suoi vani tormenti.

Io mi piego, coi gomiti sulle ginocchia, il viso tra le mani, e mi confesso al pescatore.

«Sì, lo so, quell'uomo è malato, e anche cattivo. È la malattia, che, a volte, rende persino crudeli quelli che ne sono colpiti. Ho sentito raccontare che un operaio tisico, in una grande città, di quelle dove sono cattivi anche gli uomini sani, sputava sui bambini che incontrava, per infettarli. Io però, da ragazza, ho conosciuto l'inquilino dei Fanti; le nostre famiglie desideravano un matrimonio fra noi due; il giovine partì per l'estero e non se ne fece niente. Io l'ho riveduto qui per caso, e se andrò a visitarlo è per dirgli una parola di conforto; poiché so che fra poco egli dovrà andarsene all'altro mondo.»

Mi accorsi che l'uomo, senza dimostrare d'interessarsene molto, non metteva in dubbio una sola delle mie parole. Non fece commenti, ma si piegò anche lui, battendo e ribattendo la canna sull'asse ai nostri piedi; infine, dopo averci ben pensato e ripensato, disse:

«Ad ogni modo la signora deve tenersi molto riguardata».

Così parve concedermi anche lui il permesso di andare da Gabriele.

Dopo, tentai d'interrogarlo su altri argomenti: sui pretesi suoi principi politici, sui viaggi che aveva fatto, sui nipotini gemelli. Era come parlare alla sua canna: non gl'importava niente di niente; e tutto quello che pensava lo aveva già detto. Piegato sempre a guardare dentro il cestino vuoto, continuava a battere la canna sull'asse, con una specie di ritmo musicale; finché gli domandai:

«E oggi non si pesca?».

Parve ricordarsi: si sollevò e finalmente disse:

«Poca speranza, oggi: è troppo chiaro».

«Ma ci sono tanti pesciolini, qui, non li vedete?»

Egli scuoteva la testa, come non li vedesse davvero; e io ricordai le parole di Marisa: "Egli è tanto buono che quando prende un pesciolino troppo piccolo lo ributta in mare".

«Allora io vi saluto», dissi, alzandomi. «Arrivederci.»

Si alzò anche lui di scatto, e mi restituì il saluto con una garbatezza da gentiluomo. Scendendo dalla palizzata nell'arenile, vidi che i ragazzi, sbucati di nuovo dai mucchi di macigni, lo circondavano e lo molestavano: egli li lasciava fare, limitandosi a minacciare di prenderli per i capelli con l'amo della sua canna.

Il banchetto era fissato per le ore venti; e poiché dopo tutto si trattava di una festa alla buona, quasi in famiglia, mio marito disse che vi si sarebbe recato direttamente dal suo ufficio: io sarei andata a raggiungerlo.

Ad ogni modo feci un po' di toeletta, aggiustandomi alla meglio i capelli e indossando un leggero vestito bianco che avevo fin da ragazza, ed era anzi il primo dopo i lunghi anni di lutto per la morte di mio padre: quasi un annunzio di alba dopo una notte di duolo.

Era presto per recarmi all'Albergo del Lido, e quindi pensai di fare una passeggiata sulla spiaggia. La spiaggia era già frequentata da bagnanti: casotti colorati e tende bianche e arancione, che facevano concorrenza a quelle delle paranze in pesca, si staccavano sullo sfondo glauco del mare.

Ancora una volta vado giù per il viottolo e guardo la casa rossa, più rossa del solito, quasi cremisi, per il riverbero del sole al declino: e pensando che dentro c'è un uomo che soffre, ho un po' di rimorso per la nostra festa.

Più giù, nel cortile della Marisa, fra i polli, i gatti, le oche monumentali, col cane giallo accucciatogli ai piedi, vedo l'amico anarchico intento ad una faccenda che stona grottescamente con la fama di lui. Dalle sue ginocchia pende una rete da rammendare; e poiché gli manca il refe, egli ha in mano la conocchia e il fuso e se lo fila da sé.

Lo saluto con un cenno della mano: tanto lui che il cane si alzano per farmi atto di omaggio, e mi seguono con gli occhi.

Ritornai indietro, e ripassando davanti al villino dei Fanti, sulla loggia, adagiato su una sedia a sdraio, triste e solo, vidi Gabriele. Anche lui mi vide, e non si mosse, non mi salutò; pareva indifferente a tutto, anche a me, anche a sé stesso. Invano il sole, che attraversava la loggia con un fascio di luce, lo ricopriva pietoso: neppure il sole esisteva più per lui.

Esaltata da un impeto di pietà più luminoso di quello del sole, entrai nello spiazzo, bussai due volte alla porta, che era socchiusa e si aprì da sé per lasciarmi entrare. Entrai, bussai anche alla vetrata dell'ingresso pulito e ornato di vasi con pianticelle verdi. Nessuno apparve. Mi volsi a guardare i leoni, quasi per chieder loro il permesso di proseguire; poi arditamente salii la scaletta di finto marmo e bussai di nuovo alla vetrata del primo piano.

Come un fantasma, o meglio come un morto che cammina, nel suo pigiama di seta bianca, che gli era largo da tutte le parti, mi venne ad aprire Gabriele. La cartapecora attaccata alle ossa del suo viso si era lievemente venata di viola; ma gli occhi, oh gli occhi, erano quelli di una volta!

Eppure mi diedero un senso di terrore, appunto come quelli di un morto momentaneamente resuscitato.

«Come sta?», gli domando con voce amica, tendendogli generosamente la mano. E questa volta egli la prende, la mia mano leale e pietosa, nella sua che è fredda e secca come un artiglio: e mi trae dentro con forza, quasi per paura che io voglia andar via subito.

Intorno al pianerottolo chiuso dalla vetrata si aprivano alcuni usci: in fondo c'era quello della sua camera, spalancato. Sempre tenendomi per mano, egli però mi fece entrare in un salottino che dava anch'esso sulla loggia: un salottino con pretese di eleganza, con un divano e con tappeti turchi, a parte i quali un tavolino con vecchi numeri di riviste illustrate, lo specchio coi fiori a smalto, e gli altri mobili, ricordavano le sale d'aspetto dei dentisti di second'ordine.

Egli m'invitò a sedere sul divano, e prese posto davanti a me, su una poltrona di vimini: non sembrava più lui, animato ed evidentemente commosso, tanto che quando mi disse con voce turbata:

«La ringrazio: sto meglio, e questa sua visita mi rianima»; mi rallegrai sinceramente, per lui e per me, scacciando anche la prima impressione di angosciosa diffidenza che l'aspetto di lui e del luogo mi avevano destato.

Dissi, semplice e cordiale:

«Ho piacere di trovarla così: e sono venuta appunto perché l'ho veduta sulla loggia. Ma come va che non c'è nessuno in questa casa?».

«Non so. La signora credo sia andata dalla sorella, all'Albergo del Lido, e avrà condotto con sé il marito: e la ragazza di servizio, al solito, quando i padroni sono assenti, se la sarà svignata.»

«Ah, già, alle otto c'è il banchetto», riprendo io, guardando il mio orologino d'oro all'antica: erano le sette e trenta: avevo dunque un po' di tempo da stare con lui. «Un banchetto che i notabili del paese offrono a mio marito, e quindi anche a me», spiegai, credendo che egli non lo sapesse.

Egli lo sapeva benissimo: e un suo lieve sogghigno d'ironia mi avrebbe ricordato il sorriso diabolico dell'antico Gabriele, se i suoi denti gialli e i solchi mortali intorno alla bocca non avessero accentuato, sul suo viso, il rilievo di teschio.

Ma io volevo essere allegra, e veder solo la vita anche in quell'uomo che, dopo tutto, vivo lo era ancora, e ancora forse, con la volontà di Dio, poteva salvarsi. Tentai quindi, sempre con buone intenzioni, di parlare scherzosamente del banchetto, riferendo le notizie pantagrueliche della Marisa.

Mi accorsi che egli non se ne interessava, pure ascoltando intensamente il suono della mia voce: tuttavia commentò, non senza beffa:

«Sarà allora come il banchetto di Nerone, narrato da Petronio nel Satyricon, o meglio ancora come quelli di Bonifacio II, padre della celebre contessa Matilde, che mentre i duchi della sua Corte sedevano a tavola, permetteva che il popolo attingesse vino dai pozzi colmati apposta per l'occasione. Però», aggiunse, mutando voce e accento, e ripiegandosi dal suo momentaneo eccitamento, «io preferisco ricordare il banchetto che la sua mamma mi offrì quella sera».

"Ci siamo", pensai; e di nuovo un malessere quasi fisico mi stordì; ma volli subito affrontare il fantasma dei vani ricordi:

«Povera mamma! Era la sua unica ambizione, quella di fare bella figura, con gli ospiti: ma lo faceva di tutto cuore.»

«Io poi ero un ospite speciale, dica la verità: oramai la si può dire.»

Io rispondo quasi suggestionata:

«È vero».

«E posso dirle anch'io, adesso, che come tale venni. Per consiglio di mio padre, che desiderava un matrimonio fra noi due, ma sopratutto per volontà mia.»

Storditamente confermai.

«Anche i miei desideravano un nostro matrimonio.»

Egli si piegò ancora di più, protendendosi verso di me: mi guardò di sotto in su, con quei suoi occhi che parevano brillare per qualche iniezione di liquido malefico; poi mi domandò sottovoce:

«E allora?».

Nonostante tutto, ebbi voglia di ridere; ma l'alito suo, che mi sfiorava, e il tono misterioso della domanda, ridestarono la mia paura. E forse fu per paura che risposi con quella che mi pareva la semplice verità:

«Allora? Lei non si fece più vivo, e tutto finì lì».

«No, che tutto non finì lì: io avevo portato la mia anima nella sua casa, e lì l'ho lasciata. Il giorno trascorso presso di lei è stato il culmine della mia esistenza: dopo è cominciata la discesa. E adesso sono qui, come uno straccio sudicio che lei ha paura di calpestare: mentre una sua sola parola avrebbe potuto fare di me un uomo forte e grande. Adesso...»

Adesso, sì, il terrore del mistero più inesplicabile mi travolge nel suo vortice. Ma subito mi solleva il pensiero che Gabriele reciti ancora una commedia.

«Gabriele, la prego di dirmi che lei non crede a quello che adesso afferma. Che parola potevo dirle, io?».

«È vero, sì; forse non era necessaria, questa parola; ma bastava un diverso suo comportarsi con me.»

«Ero una bambina, mai uscita di casa.»

«E questo fu il guaio. Io venivo a lei come appunto verso un'anima ancora infantile, come verso una rosa appena sbocciata. Invece mi trovai davanti a una creatura complicata; già, direi, matura, diffidente e quasi malvagia.»

«Anche malvagia?»

«Sì, anche», egli ribatté, sdegnato. «Lei vedeva in me un mascalzone, un ladro, quasi...»

«Gabriele! Lei si sbaglia.»

Anch'io ero sdegnata: ma egli proseguì, senza ricredersi:

«Lei vedeva in me un giocoliere, un commediante. E ancora tale, adesso, mi crede. Ma sopratutto un vizioso, con l'anima già corrotta, io le apparivo. Ha creduto, persino, che le avessi rubato la salvietta. E gliel'ho rubata davvero, non per portarmi via un ricordo sentimentale, ma perché mi ha creduto capace di furto. Invano ho tentato, quella sera, di parlarle di me, dei miei sogni, delle mie inquietudini. Ella non credeva a nessuna delle mie parole. Ed ero buono, sa, ero un fanciullo fantastico ma puro. Non conoscevo ancora l'amore, non conoscevo nulla della vera vita».

Io nascosi il viso fra le mani: egli le scostò, le prese fra le sue, mi strinse i polsi: e mi parve di essere allacciata da due manette infernali. Con voce rauca egli disse:

«Piange? È tardi. Lei ha distrutto un uomo».

Debolmente io cerco di difendermi:

«Lei esagera. E del resto erano stati i racconti del suo babbo a creare nella mia fantasia un personaggio fiabesco».

«Lasci stare mio padre: è morto, sia pace all'anima sua. Ma lei ha veduto i miei occhi, quella sera, e doveva credere solo ad essi. Perché non ci si è fermati a quel primo sguardo? L'atmosfera della nostra vita sarebbe rimasta sempre eguale a quella della giornata del nostro primo incontro. Giornata che si rassomigliava a questa: solo che la sua camera alta, era ben diversa da questa.»

«Ora tutto è passato, ed è inutile ritornarci su. Mi lasci andare, Gabriele» riprendo io, conciliante, sebbene sempre più spaurita, più che dalle parole, dagli occhi pazzeschi e dal contatto di lui. «La vita, quella che appunto lei chiama la vera vita, è fatta di questi malintesi. Anche lei non ha veduto in me i sentimenti buoni che l'educazione e la tradizione della mia razza soffocavano. E poi come fa a sapere che io diffidassi e pensassi tanto male di lei?»

«Ero come un veggente. Tutto indovinavo, di lei, poiché le penetravo nell'anima con un possesso violento. Lei però non si abbandonava, non sentiva il mio spirito: vedeva in me solo il corpo, l'uomo mortale, pieno, secondo lei, di vizi e di errori.»

«Mi par di sognare, nel sentirlo parlare così», insisto io, invano tentando di liberarmi dalla sua stretta. «Io credevo invece fosse tutto il contrario, e che lei vedesse in me solo una povera creatura ignorante. Malinteso, da entrambe le parti: cosa che avviene spesso in simili casi. È inutile, ripeto, ritornarci su.»

«Inutile per lei, che è felice, che ha una vita di gioia avanti a sé. Ma io...»

«Lei guarirà: è giovane, si dimenticherà di quest'avventura.»

«Lei la chiama avventura? Ah, si ricorda di quando mi piegai per mordere i capelli del suo fratellino che mi chiedeva d'ingoiare i coltelli? Altrettanto vorrei fare con lei, adesso.»

E infatti si sporse, e sentii il suo alito di malato violare i miei capelli. Il ricordo di mio marito mi diede una forza violenta. Strappai i miei polsi dalle mani di Gabriele, e lo respinsi. Riuscii anche ad alzarmi, appoggiandomi forte al tavolino che stava rasente al divano. Accorata, ma non ancora offesa, dissi con voce sicura:

«Senta, Gabriele, mi duole vivamente che il colloquio da lei desiderato sia questo. Io ero venuta qui come una sua sorella, a dirle parole buone; a dirle, anche, sì, se vuole, che per lungo tempo l'ho aspettata, con un amore che Dio solo sa quanto fu puro e grande. Dio, appunto, non ha voluto la nostra unione; ma il ricordo di questo amore doveva esserci ancora oggi, nell'aria, perché il solo pensiero di accostarmi a lei, di darle un momento di sollievo, mi recava tanta gioia. Mi sono sbagliata anch'io: non importa. Adesso mi lasci andare, e restiamo buoni amici».

Anche lui si alzò, parve volesse esaudirmi. Volse il viso di qua, di là, come cercando qualche cosa: poi d'impeto mi afferrò e mi fece di nuovo sedere sul divano, sul quale sedette anche lui: e mi ci tenne ferma, ma non aggressivo, anzi supplichevole. Disse:

«La prego di restare ancora un momento, e di rispondere ad una mia domanda. Perché, quella sera, i suoi fratelli maleducati si beffavano di me?».

«Appunto perché erano maleducati.»

«Quando le chiesi se studiava, lei rise e mentì. Tante bugie mi disse, quella sera, che neppure adesso posso credere alle sue parole buone. Eppure vorrei che lei le ripetesse: non ho altro che lei, nella vita. E a momenti lei se ne andrà, e forse io non la rivedrò mai più.»

Anch'io penso che fra un minuto me ne andrò e non lo avvicinerò mai più: cerco quindi di tenerlo buono e ripeto la lezione:

«Sì, le ho voluto bene: ho sempre ricordato quella sera fantastica, le sue parole, le sue promesse. E se adesso sono qui...»

«Se lei è qui è perché mi crede moribondo, dica la verità», egli riprende con voce quasi rabbiosa, «e invece non lo sono, o almeno sono ancora vivo, e ho sete di vita, ho sete di amore. Anch'io l'ho aspettata, per troppo tempo: tutti i giorni, tutte le ore: e se lei è qui è forse davvero il suo Dio che l'ha mandata, per darmi ancora un sorso di vita.»

Mentre rantolava le ultime parole, mi aveva afferrato alle spalle, e tentava di baciarmi. Io cominciai a gridare, respingendolo con terrore.

«Lei bestemmia. Mi lasci!»

Egli non mi lasciava; anzi si avvinghiava sempre più a me, come una piovra, e io tremavo tutta, col raccapriccio indicibile di uno che annega e già si sente avviluppato dai mostri marini. E in quella nebbia di vertigine mortale rividi il nostro podere della valle, l'acqua corrente, il vecchio eremita col suo cestino di frutta primaticce. Fu il suo spirito a pregare per me?

«Dio, Dio», gridavo. E Dio fece spingere silenziosamente l'uscio del luogo spaventoso, e mi apparve negli occhi vuoti del cieco.

Vidi quelli del mio aggressore spalancarsi atterriti, e il suo viso rifarsi grigio e duro. Mi lasciò, si alzò, si scosse tutto come un uccellaccio bagnato dalla pioggia. D'un balzo io fui accanto al cieco: anelante gli dissi:

«Ci sono io, qui, signor Fanti: mi conosce?».

Come se mi conoscesse da lungo tempo egli rispose calmo:

«Le chiedo scusa, signora. Ed anche a te, Gabriele: non sapevo che avevi visite».

L'altro non risponde: con la testa bassa, le mani appoggiate al tavolino, pare debba da un momento all'altro cadere tramortito: ma oramai io non sento per lui che orrore e ripugnanza; e senza darmi la pena di fingere mi rivolgo solo al Fanti.

«Mi dispiace, signor Fanti, di doverla subito salutare: devo andar via.»

Egli tende la mano, per trattenermi: con famigliarità cortese domanda:

«Va al Lido?».

«Sì.»

«Se non le dispiace l'accompagno. Devo andarci anch'io per il banchetto.»

"Mi accompagna? Se mai è lui, che si fa accompagnare da me", penso io, e sto per rifiutare sgarbatamente, perché, nonostante l'impeto di gratitudine che provo per lui, sento di odiarlo, come tutte le cose e le persone che hanno contatto col mio nemico.

«Addio», egli dice allo sciagurato, «hai bisogno di niente? Ti manderò su quella scimunita di Adelia.»

«Questa nostra cameriera», mi spiega poi, mentre io infilo l'uscio e corro verso le scale, «appena la padrona è via, se la svigna e lascia la casa aperta. Così lei avrà suonato un pezzetto.»

Io corro: non m'importa altro che di fuggire. Ma egli mi viene appresso con sveltezza pari alla mia, quasi ci veda meglio di me. E invero io vedevo tutto scuro, tutto capovolto, fuori e dentro di me: e io stessa ero un'altra.

Nell'ingresso mi guardai d'istinto nella specchiera dell'attaccapanni: poiché avevo l'impressione di essere scarmigliata, graffiata e morsa, col mio vergineo vestito macchiato e offeso.

No, grazie a Dio: il vestito è ancora bianco e liscio: i capelli sono a posto, il viso però è davvero un altro, come stanco per un lungo viaggio; e gli occhi, che adesso conoscono l'ombra terribile del male, mi pare riflettano ancora l'ombra del mio nemico.

Ma il ricordo del piccolo specchio che raccolse il mio viso, e gli occhi miei, dopo il primo incontro con lui, illumina l'opaco affanno del mio cuore: io sono ancora come quel giorno, senza colpa e senza responsabilità; e se, involontariamente, ho fatto del male, è perché il male è nella vita stessa, come il bene.

Basta la ferma volontà di voler solo quest'ultimo: e questo io voglio, adesso come allora, come sempre, con l'aiuto di Dio.

Andiamo, io e il signor Fanti, per il sentiero rasente i giardinetti dei villini; e in realtà è lui che mi accompagna. Il suo gesto, di tastar le cose col bastone, è più che altro un'abitudine: egli conosce tutti i sassi della strada, tutti gli odori dei giardini, tutti i miei pensieri. Gli domando, quasi rudemente:

«Lei stava in casa, mentre c'ero io?».

Egli si ferma; risponde netto:

«No».

«Dov'era?»

Senza esitare risponde ch'era già all'Albergo del Lido, quando una persona lo avvertì che io mi trovavo a casa sua.

«So chi è», replico io. «È il marito della Marisa.»

Il Fanti non parla più: non c'è più nulla da dire, fra noi due; poiché io capisco che egli sa tutto di me, e tutto egli si spiega: ma il pensiero che il pescatore ha vigilato i miei passi, che un cieco è corso a salvarmi, mi solleva di nuovo e rischiara il mondo intorno a me.

Così arrivammo calmi e sorridenti al luogo della festa. Mio marito mi aspettava nel portico dell'albergo, verso il mare, e quando mi vide arrivare col Fanti mi fece un cenno con la testa, come per dirmi:

"Belle compagnie ti cerchi!".

Ma io presi il braccio del cieco, e così insieme si salì la bella scalea dell'albergo, che per l'occasione, ornata di tappeti e di piante, sembrava quella di una reggia. Anche la veranda e le terrazze erano trasformate in giardini pensile. Azalee imbevute dalla trasparenza rosea del tramonto e, per contrasto, cinerarie di un azzurro pallido di sera invernale; fiamme purpuree di fiori di canna e rose di ambra, si slanciavano dai vasi di terra cotta, dipingendo coi loro mazzi fantastici lo sfondo di lacca degli intercolunni, sui quali erano state sollevate le tende di tela di vela.

Dentro, nelle sale, si vedevano le tavole apparecchiate con un certo sfarzo sgargiante, con servizi e cristalli dorati, e grandi vasi di fiori: e le molte bottiglie smeraldine e opaline di acque minerali, coi loro minareti di tappi metallici, smentivano le previsioni maligne della nostra Marisa.

Il profumo delle rose, che vinceva ogni altro profumo, mi ricordò il giorno delle nostre nozze; nozze che, mi parve, questa festa doveva rinnovare e confermare.

Presento il Fanti a mio marito, e dico con voce sicura:

«Sono stata a visitare il malato».

Nessun commento. In attesa che giungano tutti gl'invitati ci sediamo al fresco della veranda, subito raggiunti e circondati dagli estimatori di mio marito, curiosi di conoscere anche la sua signora. Uno dei più insistenti a farsi avanti è il signor Nele, con la sua lucida faccia di melagrana, tutto vestito di nero, camicia bianca, cravatta bianca, una doppia catena d'oro sul panciotto, i cui bottoni tendono a scappare.

Dopo un profondo religioso inchino al commissario e a me, si rivolge al cieco.

«Come va, caro Fanti?»

Questi se ne sta rigido e composto sulla sua sedia, fra due esili palmizi, con la bella testa eretta sull'azzurro dello sfondo, le mani rosee, dalle unghie lucenti, appoggiate una sull'altra sul pomo del bastone. Ha qualche cosa di decorativo, quasi di ieratico; sembra uno straniero, assolutamente staccato dall'ambiente intorno.

E con la sua voce calma, che un po' d'accento straniero lo ha, risponde che sta benissimo.

L'altro ammicca verso di noi, mentre domanda:

«E il suo cormorano, come va?».

Il Fanti aggrotta lievemente le sopracciglia, come sforzandosi a ricordare di che si tratta: vorrebbe prendere la cosa alla tragica e forse rispondere con parole severe; ma forse, anche, pensando a me, al mio male solo momentaneamente placato, e al luogo, alla circostanza in cui ci troviamo, si accende tutto di un sorriso malizioso e risponde:

«Egregio signor Emanuele, il cormorano è tanto mio che suo».

La gente intorno capisce, e, senza badare alla drammaticità della cosa, ride: per approvazione, il signor Nele, che ha venduto ben parecchie medicine al disgraziato di cui si parla, batte la soffice mano sulla spalla del cieco; e io, ricordando di avere una volta provato dispiacere nel sentir chiamare con nomi di uccellacci il mio ideale malato, adesso ne provo una malvagia soddisfazione.

Ma bisogna oramai pensare ad altro: e invano il demone della recente disillusione mi suggerisce di guardare con occhi diffidenti l'umanità sana e festosa che mi circonda, e, sempre più facendosi numerosa, diventa quasi folla.

Ne sono colme la veranda, la scalea, le loggie, la sala. Visi e visi, uno dietro l'altro, uno sopra l'altro, nei quali predominano i due tipi diversi di questa forte razza di sangue caldo, di carne muscolosa e sensuale, d'impeti sentimentali e generosi, e nello stesso tempo di carattere arguto e pratico: visi pieni, il cui colore acceso è smorzato dal biondo dei capelli e dall'azzurro verdastro degli occhi: visi acuti e bruni, con sagome quasi lineari, con vivi occhi neri: fra tutte, poi, si distinguono alcune figure moresche, con grandi capelli crespi, mascelle ampie, occhi divoratori; forse ultime discendenti di invasori barbareschi rimasti in queste fertili contrade marine.

Non senza un lieve sgomento di pudore, ma anche di vanità, mi accorgo che tutti guardano verso la mia umile persona: con curiosità, benevolenza, deferenza, e anche una certa volontaria ammirazione. In fondo sento che questi omaggi sono offerti, non a me personalmente, ma alla signora del commissario; e per la prima volta conosco la lusinga dell'adulazione: adulazione disinteressata, però, anzi in buona fede, anzi entusiasta, che dopo tutto è l'ossequio dell'uomo alla compagna di un uomo più forte di lui.

Riconosco, del resto, che quel giorno io non ero in grado di giudicare con limpida coscienza il mio prossimo: ma le persone che riuscivano ad avvicinarmi ed a parlare con me distruggevano subito le mie prevenzioni.

Ecco un vecchio signore, con un prominente profilo bacchico e un diadema di ricciolini bianchi intorno alla sommità del cranio d'avorio, che, asciugandosi il sudore, riesce a piegarsi sulla mia spalla, e ansando come un innamorato dice:

«Permetta, signora, che mi presenti da me. Lusignani, colonnello dei Reali Carabinieri, a riposo, Ho avuto la fortuna di risiedere due anni nel suo paese, dove mi ci sono trovato come in un paradiso terrestre».

Lusingata, ma anche intimorita, mi volgo a guardarlo meglio, con la paura che egli abbia conosciuto mio padre e sappia qualche cosa del mio nemico.

«Credo di aver conosciuto suo padre, ma lei forse non era neppure nata», egli mi rassicura subito, con galanteria. «Sono già venti anni che, come capitano dei Reali Carabinieri, sono stato nella sua bella città.»

«Avrà conosciuto le mie cugine, allora; quelle sette graziose signorine che abitavano al Corso, in faccia al Caffè della Posta, e stavano sempre alla finestra», gli dico storditamente, non ricordando che le sette civette sono poco più vecchie di me.

«No, signora: almeno non distinguo; poiché tutte le donne, nella sua città, sono belle come le Madonne di Raffaello.»

«Boumh!», fa qualcuno alle sue spalle. Ed io per la prima volta scoppio sinceramente a ridere; ma non meno schietto di me è il nobile colonnello, che rotea intorno gli occhi d'onice, ancora fulgenti dell'antica bravura, e sfida l'insolente interruttore.

«Io», dice con voce sonora «ho sempre usato la carabina; mai sparato a vuoto il cannone. E del resto la testimonianza più lampante delle mie affermazioni l'abbiamo qui presente.»

Con gesto ampio indica la mia persona: il signor Nele applaude:

«Braavo!».

E un applauso generale risona come uno scroscio di grandine sulle vetrate dell'albergo.

Così conosco anch'io la vana gloria del mondo, senza però insuperbirne, perché non me ne credo degna. E che in complesso tutti quelli del pubblico non siano convinti delle lodi del colonnello, lo afferma la voce di uno che grida:

«Sentiamo il parere del signor commissario».

Eppure anche mio marito mi guarda con una certa ammirazione, o meglio con vanitosa commozione; ma poi si sfrega le mani con quel suo gesto monellesco che significa tante cose, e, fra il silenzio improvviso degli astanti, declama:

«Dichiaro sinceramente che io ancora non mi ero accorto di aver sposato la Madonna della Seggiola: persuaso però di aver certamente impalmato una Madonnina».

Questa volta gli applausi furono davvero teatrali: finché io mi ribellai a quella che mi sembrava una canzonatura: e rivolta al signor Nele, quasi fosse lui il colpevole di tutto, gli dissi supplichevole:

«Adesso basta, signor Nele».

E il signor Nele, che con la sua alta persona supera la folla intorno al nostro tavolino, si volge di qua, di là, batte le mani, che di tanto che son grasse non fanno suono, e con cipiglio minaccioso grida:

«Signori, a tavola!».

Mi offrì il braccio, all'uso antico, l'ex sindaco del paese. Era un ometto più piccolo di me, di quelli della razza bruna, anzi, moresca, tutto occhi, bocca e capelli: le infinite rughe del suo viso contrastavano coi denti forti e intatti, e sopratutto con la voce potente e prepotente. Per molti anni capitano di lungo corso, dopo essersi arricchito coi suoi traffici, adesso viveva con le rendite delle sue interminabili piantagioni di barbabietole: insomma un perfetto discendente dei pirati arabi.

Mi trascinò con una certa padronanza; tuttavia io feci a tempo a prendere la mano del signor Fanti e rimorchiarmelo appresso. Poiché lo volevo vicino a me, come finora lo era stato, composto, benefico e protettore. Ancora mi par di sentire nella mia il fremito della sua mano calda e viva: un fremito che voleva dire:

"Sono qui, con lei, signora, come un cane fedele. Le appartengo per tutta la vita".

Si fa ala al nostro passaggio; l'albergatore in persona, maestoso come un re ospitale, in mezzo alla sua corte di camerieri in frac, guanti bianchi, salvietta sul braccio, tiene pronta la mia sedia, e appena io mi ci sono seduta la spinge davanti alla tavola. Gli dico:

«Desidero che il signor Fanti prenda posto accanto a me».

Il mio desiderio è comando: il cieco a sinistra, il sindaco a destra: di fronte mio marito, con altri due importanti personaggi, uno dei quali, arrivato in ritardo, si permette di salutare da una parte all'altra della tavola alcuni suoi amici. Il che osservando, il mio cavaliere di destra mi dice sottovoce:

«Ecco una cosa che il galateo degli ufficiali di marina non permette».

«Perché?»

«Perché?», egli spiega, ficcandosi dentro il colletto la cocca del tovagliolo, «l'ufficiale di marina, a mensa, non deve mai parlare con altri commensali se non co' suoi vicini di destra e sinistra. Non deve osservare quello che gli altri mangiano; non deve adoperare il coltello per tagliare il pesce; non deve...»

«Qui però non siamo in marina», osservo io, benevola.

Tuttavia par di essere nella sala da pranzo di un transatlantico: mare da tutte le parti, e pareti laccate, e fiori e arbusti che tremolano sui vani delle vetrate, sul cielo sempre più acceso di colori sfarzosi.

La nostra tavola era naturalmente la più aristocratica, se non la più animata. Non si osservavano certo i rigidi capitoli del galateo di marina, ma una contenutezza cortese c'era per riguardo al commissario ed alla sua signora, mentre giusto il commissario cercava di fomentare intorno un senso di famigliarità e d'allegria; e fu il primo a dare segni di contentezza e di approvazione quando arrivò, dondolandosi con passo quasi di danza, un cameriere agile nero e bianco come una rondine, col vassoio delle fettuccine la cui piccola montagna sembrava arrossata dal tramonto.

Ripensai a Marisa ed alle sue preventive descrizioni; ma mentre queste mi avevano destato una sazietà anticipata, l'odore delle fettuccine, adesso, nonostante le avventurose emozioni della giornata, mi ricordarono che ero giovine, che si era al mare e bisognava nutrirsi: infine che avevo appetito.

Mi servo tuttavia parcamente.

«Via, via, prenda, prenda», insiste il cavaliere di destra. «Giù, giù, coraggio, altrimenti ci fa vergognare.»

Ma io scosto il piatto, che lui stesso vuole colmare.

«Grazie, basta. Pensi, anche, al galateo dell'ufficiale di marina...»

I vicini, che tendono l'orecchio, ammiccano e ridono: e così, incrinata la sostenutezza di prima, con letizia, cordialità e buon appetito s'inizia il banchetto.

Chi si serviva senza essere aiutato e sollecitato, e mangiava con religioso silenzio, con casta ma tenace voluttà, piegando il viso sul piatto e nutrendosi anche dell'odore delle vivande, era il mio vicino di sinistra. La sua mano di grande fanciullo strisciava quasi furtiva sulla tovaglia, cercava, trovava il bicchiere, sempre pieno a metà, lo tirava a sé piano piano, fra le punte delle dita, con un senso fisico di amore.

La sua lontananza dall'umanità circostante era più che mai precisa, o almeno io la vedevo intorno a lui come un alone: e mi accorgevo che egli era il più felice di noi tutti, solo, in contatto col suo cibo, con sé stesso, con Dio, che gli concedeva tanta grazia.

Anche di me pareva essersi dimenticato: e io rispettavo il suo rito, divertendomi ad osservare gli altri commensali.

Anche il mio vicino di destra non scherzava, in fatto di mangiare, ma con modi tempestosi. Trovava tutto cattivo: le fettuccine troppo cotte, il pesce mal condito, il vino asprigno.

Schioccando le dita chiamò di lontano il cameriere, e quando questi accorse, gli impose:

«Porta un po' questa bottiglia a condire l'insalata».

«E lei», mi chiese poi, sempre alquanto in tono di comando, «che fa di bello durante la giornata? In paese non la si vede mai.»

«Per lo più vado a passeggio lungo la spiaggia o per i viottoli della campagna. Nei giorni di vento, poi, e sono frequenti, non esco di casa.»

Abituato anche ai tifoni, egli parve colpito da quella mia tremebonda soggezione del tempo: ammise però che il clima del paese era veramente eccezionale.

«Dipende dalla mancanza di ripari: siamo al limite di una grande zona scoperta, fertile, sì, ma priva, all'interno, di boschi. Le colline non bastano a frenare i venti, e questi girano di continuo, dalla terra al mare e viceversa: il luogo, quindi, è in pieno dominio della cosiddetta loro rosa.»

«Poco gradita: anzi molto spinosa. Quando c'è il vento» insisto io, «sento una grande melanconia nervosa.»

«E vero, è vero», interviene il commensale seduto appresso al mio vicino di destra. «Perciò corre una leggenda; che tutti i forestieri che vengono in questo paese e tentano di stabilirsi qui, o si ammalano, o impazziscono, o muoiono.»

Fra le smorfie, i sogghigni, i segni di scongiuro che l'antico capitano faceva per conto mio, l'interlocutore sgarbato riprese:

«Non c'è da meravigliarsi: la signora stessa dice che il vento la rende triste e nervosa: e a lungo andare questo stato di eccitamento può produrre, a chi non c'è abituato, l'esaurimento nervoso, che è il padre di tutti gli altri malanni. Questo afferma la scienza».

L'interlocutore parla con intenzioni scherzose, più per far stizzire l'ex sindaco che per altro: io però trovo nelle sue parole quasi la spiegazione del mio dramma. Convinta e grave dico:

«Allora bisogna andarsene presto, da questo paese».

Il mio vicino allora scatta: dà un lieve pugno sulle spalle dell'altro commensale ed esclama:

«Ma non sa, signora, che questo stoccafisso è un forestiere, venuto a stabilirsi nel nostro paese trentacinque anni fa?».

«Per questo, appunto, son diventato matto», dice l'altro, mordendosi le labbra per non ridere; e continuerebbe, se il mio vicino, di nuovo esclusivamente rivolto a me, non parlasse d'altro.

«Speriamo, signora, di vederla sabato venturo all'inaugurazione del nuovo stabilimento balneare, e poi anche a teatro. A teatro, sì, signora. Noi abbiamo anche un teatro. Non è la Scala di Milano, ma poco ci manca. Si figuri che il primo di luglio, appunto per l'apertura della stagione estiva, avremo la Norma.»

Ma i nostri discorsi erano spiati da quasi tutti i commensali, e qualcuno si mise a canticchiare con beffa:

«Mira, Norma, ai tuoi ginocchi...».

Del resto la tavola, adesso, si era animata; e tutti parlavano ad alta voce, sempre però con un certo ritegno, mentre gli invitati delle altre mense discutevano con impeto: risate omeriche finivano con accordare le diverse opinioni; e già erano cominciati i brindisi.

Anche il mio vicino di sinistra cominciava a dar segni di partecipazione alla vita comune. Mangiato il quarto piatto, che consisteva in un fritto di pesci finissimi, egli si era fermato di un colpo: tale uno che arriva alla sua mèta e di lì non intende più muoversi.

«Signor Fanti, non prende un po' di arrosto?»

«No. grazie, basta.»

«Badi, è fagiano.»

Egli ne ha già sentito l'odore, ma non si lascia tentare.

«Grazie, grazie: io sono satisfé.»

Scherza, se Dio vuole: la sua statuaria impassibilità si è rallentata, e il suo viso è davvero raggiante di soddisfazione: quello che non approvo, in lui, è il suo inutile stuzzicarsi i denti: segno di perfetta ignoranza nonché del galateo degli ufficiali di marina, di quello dei comuni mortali.

Chi non è mai soddisfatto è il mio vicino di destra.

«Fagiano? Gli hanno appiccicato la coda, ma è un vecchio gallo di pollaio. Oh, Fanti, se vuol riferire, al suo esimio signor cognato, riferisca pure.»

Il cieco continua a frugarsi i denti, e non risponde.

«E quest'insalata? Con tutti gli ettari dei nostri orti, coltivati a lattughe, siete andati proprio a cogliere il radicchio. Attenta, signora, se gliene va un gambo in gola c'è pericolo di strozzarsi.»

I brontolii dell'antico capitano, la cui natura conservava ancora l'irrequietudine oceanica del suo passato, si perdevano fortunatamente nell'atmosfera satura di allegria, di musica e anche di poesia: poiché da tutte le parti arrivavano suoni e canti, e il giorno pareva spegnersi come un fuoco di festa.

Tanto che anche il viso di lui finì con lo spianarsi: le rughe sparvero, gli occhi ebbero il riflesso dorato della coppa che egli sollevava. Con la mano sinistra, esageratamente grande per quel piccolo corpo, si lisciò i capelli, come per ricomporli; poi aggrottò forte le sopracciglia irsute, sporse il mento, balzò in piedi.

Silenzio generale. Quelli delle altre tavole, che ci davano le spalle, si volsero tutti in qua; i camerieri si fermarono come statue sul vano delle vetrate, l'albergatore apparve sull'uscio.

L'ex sindaco rivolgeva il discorso di rito al suo successore: e sollevandosi sulla punta dei piedi pareva volesse slanciarsi a volo dietro le sue rombanti parole. Rombanti, ma anche piene di buon senso, di cordialità, di ammirazione e sopratutto di fiducia per il nuovo capo del paese. Concluse poi con una modestia ammirabile:

«Quello che per il bene del nostro Comune e della nostra laboriosa onesta popolazione non abbiamo saputo far noi, uomini di mare e di campagna, abituati a dominare gli elementi più che le cifre e le statistiche, pratici dei nostri affari privati, ma non in quelli d'interesse pubblico, pieni di affetto per i nostri concittadini, ma scarsi di senso politico e diplomatico, lo saprete fare voi, uomo di governo, conoscitore profondo delle leggi con le quali va guidata la società, amministrati i beni comuni, rese felici e disciplinate le popolazioni; voi che, alla competenza economica e politica, unite un'altra volontà di miglioramento sociale, una visione ampia dei bisogni speciali di una regione come la nostra, e sopratutto un intelletto ed un cuore rifulgenti della più diamantina onestà».

Gli applausi non avevano fine: applaudiva anche il commissario, visibilmente lusingato e commosso; sebbene sorridente di un sorriso che respingeva l'esagerazione di alcune lodi prodigategli dall'oratore: applaudiva anche quest'ultimo; battevo le mani pure io, senza osservare che egli, come sarebbe stato conveniente, non mi aveva rivolto né un saluto né un augurio.

Ma a questo ci pensò il colonnello Lusignani, dopo che mio marito ebbe risposto al suo predecessore con un discorsetto cordialmente diplomatico: e fu una vera per quanto grottesca apoteosi.

Lo scoppio delle bottiglie di sciampagna accompagnava i nuovi applausi: pareva un'allegra battaglia. Era già notte; ma le lampade elettriche, con paralumi rossi e verdi, continuavano le luci calde del tramonto: un faro, di tanto in tanto, spandeva sul mare la sua cometa di raggi: la luna nuova si posava come un uccello d'oro su un ramoscello che attraversava la vetrata.

E d'improvviso, dopo aver bevuto la mia coppa di sciampagna, mi parve di essere riafferrata dalle mani di Gabriele. Era il ricordo di lui, che ritornava. Come uno spettro nella festa, mi parve di vedere la sua ombra aggirarsi fra quelle degli invitati. Nello stesso momento il Fanti, che aveva appena accostato le labbra alla sua coppa, senza bere, solo per accompagnare i brindisi in mio onore, mi disse sottovoce:

«Bisogna che io vada, signora: mi permetta di salutarla».

Ancora avvolta dal pensiero di quell'ombra, gli domandai, anch'io sottovoce:

«Perché vuole andarsene?».

«Sto in pensiero per l'inquilino.»

Ebbi desiderio di pronunziare cattive parole: non lo feci: non mi ero già proposta di perdonare e dimenticare?

«D'altronde siamo già da due ore a tavola», egli riprese, col suo bel sorriso scintillante, «mi pare che basti. Lei sarà stanca.»

«Oh, no, in così bella compagnia. Ma come fa a sapere che siamo da due ora a tavola?»

«Tutto si sa, da chi ha buona volontà.»

«Chi l'accompagna a casa?»

«L'angelo, se mia moglie non si decide a farlo.»

Si alzò; e pareva davvero guidato da un angelo invisibile, perché andò dritto verso l'uscio d'ingresso della sala, che un cameriere aprì e richiuse dopo che egli fu uscito.

Poi si andò via anche noi, e invece di ritornare per il sentiero dell'arenile, in quell'ora poco illuminato, si seguì la strada larga, che s'incrociava col viale della stazione. Un po' stanca davvero, ma sopratutto stordita e ancora disorientata per la mia triste avventura, mi appoggiai al braccio del mio compagno, col solo desiderio di arrivare presto a casa e mettermi a dormire. Dormire, un lungo sonno profondo, e risvegliarmi come quella prima mattina del nostro soggiorno nella casetta, con l'impressione di avere sognato, e di rinascere ad una nuova fresca realtà.

Anche mio marito taceva e, contro il suo solito, camminava lento: pareva che la festa ci avesse lasciato scontenti, e tali fossero le nostre idee in proposito, da preferire di non comunicarcele.

Solo, quando si fu a casa, e io, dopo essermi spogliata e lavata, gettandomi tra le fresche lenzuola come in un bagno di mare, dissi: «Finalmente! Mi pare di essere tornata da un lungo viaggio», mio marito domandò con una voce ambigua, incerta, che mi parve quella di un altro uomo:

«Si potrebbe sapere perché?».

«Ma perché sono stanca.»

Anche lui si spogliava, con lenta indolenza: poi d'un tratto si rimise la giacca, si riannodò la cravatta, come dovesse uscire di nuovo. Si appoggiò invece al dappiede del letto e disse, con quella strana voce che ancora non gli conoscevo:

«Dovrei parlarti. Avevo deciso di farlo domani; ma è meglio adesso. Dove sei stata, oggi, prima di venire all'albergo?».

Come i bambini impauriti io mi nascosi sotto il lenzuolo: subito però ricacciai fuori il viso infiammato, ma senza agitarmi, tranquilla nella mia coscienza, contenta, anzi, che tutto fosse chiarito.

«Te l'ho già detto, quando si arrivò col signor Fanti: sono stata a visitare il suo disgraziato inquilino.»

«È vero», egli ammise, «ma devi dirmi adesso come si è svolto il vostro colloquio.»

Come rispondere? Con la verità:

«Male: tanto che io sono ben pentita di esserci andata, e spero di non riveder più in vita mia quell'infelice. Ed è tempo che ti dica chi egli è».

«È inutile che tu me lo dica, perché lo so benissimo.»

Le sue parole lente, gravi, mi colpivano come ceffate: ma la mia contentezza e il mio sollievo aumentavano: dicevo a me stessa:

"Ben ti sta: è il castigo per le tue sciocche romanticherie".

E avrei voluto anche scherzare, dicendo che non invano l'ex sindaco aveva attribuito tanta virtù di sapere e di perspicacia al compagno della mia vita; ma sentivo che non eravamo più in un'atmosfera di leggerezza e di commedia; e quasi contro la mia volontà, mormorai quindi una sola parola:

«Meglio».

Egli allora sollevò la voce, non irata ma chiara e dura.

«Era meglio però che tu fossi stata più sincera e leale con me: avresti risparmiato tanto dolore a tutti e due.»

Ardente di sdegno, ma anche di paura, senza tuttavia agitarmi, penso:

"Sta a vedere che anche lui, adesso, mi crede colpevole di inganno e di tradimento".

«Che dolore? Che dolore?», protesto, fiera e quasi ironica. «Se qualcuno ha da soffrire sono io sola, per aver stupidamente creduto che si possa fare un po' di bene ad un uomo. E se tu parli di poca sincerità, da parte mia, forse hai ragione, ma non di slealtà. Ho conosciuto quel disgraziato quando ero quasi ancora bambina: è stato un giorno ospite a casa nostra e ci siamo scambiate solo poche frasi innocenti: poi è sparito. Che cosa dovevo raccontarti, di lui? Quando ti ho conosciuto non pensavo più a lui.»

«Te ne sei ricordata qui, però.»

«Per forza. L'ho riveduto in quello stato e mi ha inspirato pietà, ma anche ripugnanza. Ed ho avuto soggezione, quasi vergogna, a dirti che un giorno egli mi aveva inspirato amore, se amore poteva chiamarsi quella mia fantasticheria di giovinetta provinciale.»

Egli non risponde subito: raccoglie, esamina, studia le mie parole: poi, sempre con quella voce dura e gelida che mi spaventa più che se ardesse di odio, dice:

«Non so se devo crederti: è difficile credere ad una donna come te».

Sebbene in fondo alla mia coscienza, come nel fitto di una selva notturna sconvolta dalla tempesta, ardesse un punto di luce che solo la morte poteva spegnere, io sentii un impeto di pianto, un bisogno di buttarmi giù, di rotolarmi per terra e urlare.

Ricordai il giorno del nostro viaggio di nozze, il senso di lontananza dall'uomo col quale dovevo trascorrere la vita; e, nella mia solitudine interiore, il proposito di vivere di me stessa. Infinitamente più grande era la distanza che adesso ci separava: ma la forza e la volontà di poter vivere senza di lui, senza la sua fede, erano abolite in me.

Morire: non mi restava altro, e pensai di farlo subito, se egli subito non si ricredeva.

Misi la testa sotto il guanciale, e mi allacciai il collo col fazzoletto che tenevo accanto: con calma egli mi scoprì, mi strappò il fazzoletto, lasciò che io singhiozzassi a lungo, convulsa e strozzata.

Vomitai tutto il dolore, la rabbia, il veleno, i cibi e il vino altrui, ingoiati in quel giorno. Mi pareva di essere in alto oceano, col mal di mare, e di dover morire, anche senza uccidermi. E mio marito non mi confortava, non mi domandava perdono, come io anelavo: solo, quando ebbi cacciato fuori anche la bile, egli, con la pazienza della prima sera di nozze, portò fuori il tappeto sudicio, poi mi fece bere un sorso d'acqua.

«Ascolta», disse infine, «io ho seguito e studiato, giorno per giorno, la tua stravagante passione per quello sciagurato. E poiché, prima e meglio di te, seppi chi egli è, ti ho anche sorvegliata. Molti dubbi ho avuto: persino quello che tu sapessi già, prima ancora di venire in questo paese, che egli ci si trovava. E così mi spiegavo il tuo bisbetico modo di contenerti, durante il nostro viaggio e al nostro arrivo, e di poi ancora. Non negherai che sei stata molto strana.»

Non pensavo di negarlo, e neppure di spiegarlo, il mio contegno di quel tempo, tanto più che non riuscivo a spiegarlo neppure a me stessa; e se oggi scrivo questo libro è per giustificarmi, di fronte ai vivi ed ai morti, e sopratutto di fronte alla mia coscienza.

Riprendendo la sua voce solita, calda e leale, mio marito proseguì:

«Fin dal primo incontro sulla spiaggia, mi accorsi che il sinistro personaggio aveva un misterioso legame con te: poi, via via, a misura che lo si incontrava e che tu ne parlavi, sentivo il fascino malvagio e l'ascendente perverso che egli esercitava su di te. Pietà, tu dici; e non sai ancora, disgraziata ingenua, che molti mascalzoni, in questo basso mondo, si valgono di tale sentimento, per perdere una donna?».

Egli aveva ragione: cruda, laida ragione: perché dunque io sentivo ancora il desiderio di difendere Gabriele? Ma le mie labbra erano chiuse oramai da un sigillo amaro, e mai più avrebbero pronunziato quel nome.

Il mio compagno però indovinava i miei pensieri.

«Tu dicevi: è un malato, uno che ha i giorni contati. Non tanto, come tu credevi, se ha avuto la volontà e la forza di attirarti a casa sua. Ed io sapevo che ci saresti andata oggi: apposta ti lasciai libera. Sempre libera ti ho lasciata, del resto, anche perché volevo vedere la fine dell'avventura. E l'ho veduta. E sarebbe stata una brutta fine, per tutti, se non avessi mandato il Fanti a cercarti.»

Adesso, finalmente, le lagrime sgorgarono silenziose dai miei occhi e mi purificarono il viso. Ma le labbra rimasero chiuse: poiché solo il pianto che scaturisce dall'anima meravigliata del mistero che guida le vicende umane può esprimere questa meraviglia.

Solo allora egli mi sfiorò con le dita le palpebre, come a un morto del quale si chiudono pietosamente gli occhi: e invero qualche cosa moriva in me, quella notte: la parte cattiva e orgogliosa del mio essere; quella che credeva di fare il bene e invece seminava il male.

Egli concluse:

«Adesso basta: non si parli mai più di questo».

E non se ne sarebbe parlato più, e ancora forse conserverei il dubbio di aver sognato quel definitivo colloquio con mio marito, se la mattina dopo, appena egli fu andato al suo ufficio, la Marisa non mi avesse detto:

«Il Signor Fanti desidera di parlarle, un momento solo. Può venire?».

Aspramente le chiesi:

«Perché non me lo hai accennato prima, mentre c'era il padrone?».

Fredda e insolitamente triste, ella replicò che il Fanti voleva parlare a me sola.

«Che venga, dunque.»

Io avevo una disgustosa paura che egli conducesse con sé Gabriele, decisa a non uscire dalla mia camera, se ciò avveniva; ma dalla finestra vidi il cieco avanzarsi solo, col suo fido bastone, e gli andai incontro, lo presi per mani, lo feci entrare nel salottino.

Era calmo, vestito di scuro, coi capelli lisciati e la cravatta bene annodata; ma il suo viso non era più quello della sera prima, invecchiato, rigido e pallido. L'ombra del nostro dramma sfiorava anche lui; e anche di questo io sentii sinceramente la responsabilità e il rimorso.

Lo pregai di accomodarsi sul divano di vimini, e sedetti accanto a lui: egli, a sua volta, sentì che gli ero vicina anche col cuore e ne vibrò tutto: vidi le sue mani tremare lievemente, stringendosi una sull'altra sul pomo del bastone: e tremula era pure la sua voce quando mi disse:

«Signora, le domando scusa se vengo a disturbarla, a quest'ora; ma penso che ella proverà sollievo nel sapere che il mio inquilino è partito».

Subito, con accento cattivo, io rispondo:

«Buon viaggio».

«Sì, un buon viaggio egli ha fatto.»

«Che dice, signor Fanti?»

«È morto: ieri notte, alle dieci precise. Ha avuto un terribile sbocco di sangue; e la cosa più tragica è che egli è morto solo, senza domandare aiuto, forse senza poterlo.

Ricorda, signora, come ieri sera io sentivo che una disgrazia succedeva in casa mia? Per questo mi alzai di tavola: ma quando io e mia moglie si arrivò a casa, l'infelice era già partito.»

«Ho veduto anch'io la sua ombra», dissi, ripresa da un brivido di terrore e di mistero: ma presto l'anima riaffiorò al senso della realtà; ed era una realtà luminosa, fatta di spazio, di sollievo, di gioia. Sì, anche di gioia. A costo di apparire al Fanti dura e crudele, dissi:

«Meglio così. È la volontà di Dio».

E vidi anche il suo viso illuminarsi di nuovo, e poi piegarsi in atto di preghiera.

«Sia fatta sempre la Sua volontà.»